살 빼려고
운동하는 거
아닌데요.

몸무게보다
오늘 하루의 운동이 중요한 여성의
자기만족 운동 에세이

살 빼려고
운동하는 거
아닌데요.

신한슬

ⓗ

"나는 운동으로 내 몸의 이미지를 만들지 않는다.
　　대신 일상을 더 잘 살아갈 힘을 기른다, 조금씩."

차례

1부

신 기자, 생존을 위한 운동을 시작하다

2부

헬스장이 여성의 몸을 다루는 방식에 반기를 들다

3부

가깝고도 먼 사이, 트레이너와 나

4부

여성의, 여성에 의한, 여성을 위한 헬스장

5부

지속가능한 '자기만족 운동'을 위하여

1부

신 기자, 생존을 위한
운동을 시작하다

사회초년생, 월급의 대가로 건강을 잃다

인생 첫 직업으로 뭐가 좋을까?

나는 '기자'가 좋겠다고 생각했다. 언론사는 1년에 한 번 신입 기자를 뽑을까 말까다. 대학 졸업 후 2년 동안 언론 고시에 지원했고, 떨어지고 또 떨어진 끝에 시사 주간지의 수습 기자가 됐다. 한때 신입이라면 반드시 거쳤다던 '하리꼬미(はりこみ, 언론계 은어로 잠행 취재를 뜻한다)'처럼 경찰서에서 매일 같이 날밤을 지새우며 취재하는 구습은 없었다. 국장과 사수는 수습기자에게도 기획 기사를 맡겨주었다. 감사한 일이자 무서운 일이었다. 잘해야 했다. 잘하고 싶었다.

일반적으로 주간지 업무는 이렇게 진행된다. 월요일과

화요일 내내 취재해서 기사를 작성한다. 수요일, 기사를 마감한다. 목요일, 편집국 데스크에게 혼나면서 기사를 고친다. 금요일에는 다음 주에 발제할 기삿거리를 찾아다니는 동시에 편집부에서 교정 중인 기사를 확인하고 계속해서 수정한다.

잦은 야근과 철야에도 취재는 끝이 없었다. 어떤 이슈가 주어지면 그 맥락을 일주일 안에 파악하고 소화해서 글로 써내야 했다. 하늘 아래 새로운 건 없다는데, 나만 모르는 것 투성이였다. 침대에 누워도 잠이 오지 않았다. 늘 긴장 상태로 지냈다. 금요일 밤이면 다가올 월요일 아침이 벌써부터 두려워졌다.

한 번은 이런 일도 있었다. 토요일 아침, SNS에서 한 인터넷 매체의 속보를 보았다. "울산 화학 공장, 폭발로 아르바이트생 사망." 사망자는 내 남자친구와 동갑이었다. 폭발 위험이 높은 현장에 아직 사회초년생인 내 또래가 투입되다니. 납득이 되지 않았다. 사수에게 전화를 했다. "울산에 가야 하지 않을까요?" 사수는 금요일 마감이 끝나자마자 지방으로 출장을 가겠다는 나를 안쓰러워했지만, 굳이 막지는 않았다.

취재는 예상보다 어려웠다. 자식의 장례식장에서 기자를 만나 유쾌해할 부모가 있을까? 나는 황망하게 떠난 그가 어쩌다 이런 사고를 당하게 되었는지 유가족 입장에서는 '심문한다'고 느낄 정도로 자세히 물어보려고, 그의 죽음이 '기삿거리'가 될지 판단하려고 간 것이었으니까. 유가족은 백팩을 메고 빈소 앞을 서성이는 나를 고인의 대학 친구로 여긴 듯했다. "아니에요, 저는 기자예요. 죄송합니다." 머리를 조아리며 사과했다. 다행히 가족들은 나를 빈소에 들여보내 주었다. 고인의 어머니는 내 왼손에 낀 커플링을 한참 내려다보았다.

"남자친구가 있나 보네. 우리 애도 여자친구가 있어요. 얼마나 사이가 좋은지 반지를 절대 안 빼. 병원에서 우리 애가 맞는지 확인하라고 했을 때 손가락부터 먼저 봤어……."

이어서 듣게 된 사건의 전말은 당혹스러움 그 자체였다. 그는 하청업체 소속으로 잡일을 돕는 알바를 하러 4주간 울산 화학 공장에 갔다가 사고를 당한 것이었다. 경찰은 사고 원인을 폐수처리 저장소 상부에 용접 작업을 하던 중 가스가 새어 나와 용접 불꽃이 폭발을 일으킨 것으로 추정했다. 용접 작업 허가서가 나오기 전, 안전 점검에 걸린 시간은 10분에 불과했다. 그의 죽음은 외주화 문제와 관련 있었다.

주말 동안 한 취재는 월요일에 온라인 기사로 발행됐다. 그런데 얼마 안 있어 피해자 어머니한테 전화가 걸려왔다. 취재할 때는 분명 실명을 밝혀도 된다고 했는데(중요한 문제라 여러 번 확인했다), 기사가 나가자 실명을 빼달라고 요청했다. 이유는 알 수 없었다. 민감한 사안이라, 마음이 바뀐 것은 충분히 이해할 수 있었다. 하지만 그와 별개로 왠지 내가 일을 망친 것 같아서 괴로웠다.

정신없이 며칠이 지났다. 목요일에는 원래 쓰기로 했던 기사를 하나 더 썼다. 육체적으로도 정신적으로도 힘들었다. 누가 시켜서 울산에 간 건 아니었지만, 하루하루가 견디기 어려웠다. 게다가 내가 일을 잘하고 있는지 못하고 있는지, 내가 아니더라도 누군가는 거기 가서 그 기사를 썼어야 하는 게 맞는지조차 확신할 수 없었다. 이런 문제는 상사도 동기도 확인해주지 않았다. 불안한 날들이 계속됐다. 마감이 끝나면 술부터 찾았다.

그렇게 난생처음 취직이라는 걸 하고 6개월이 지났을 때, 내 건강 상태는 최악이었다. 병원에 실려간 건 아니었지만 서서히, 확실하게 나빠져만 갔다. 분명 세상에서 제일 가볍다는 노트북을 샀건만, 출근길 가방은 천근만근 무겁게 느껴졌다. 개도 안 걸린다는 여름감기를 달고 살았다. 입안은 염증으로 죄다 헐었다. 숨 쉬기도 힘들었다. 뼈와 근육과 모든 장기에 스민 건강한 기운이 조금씩 빠져나가는 게 실감 났다. 전신이 모래성처럼 허물어지는 느낌이었다. 저질 체력, 아니 마이너스 체력이었다.

모든 원인은 사회 초년생의 불규칙한 생활 습관에 있었다. 계속된 외식, 야근, 철야, 술, 여기에 스트레스까지. 일상의 뉴페이스들은 빠르게 건강을 갉아먹었다. 입사 첫 달은 매일매일 술을 마셨다. 전체 회식과 팀별 회식에 끝나지 않는 입사 축하 자리까지. 술 아니면 구원이 없을 만큼 답답할 때도 많았다. 아침은 걸렀지만, 야식은 필수였다. 스트레스는 간식으로 풀었다. 하루 세끼를 사 먹었다. 그렇게 6개월 만에 10kg가 쪘다.

나만 그런 게 아니었다. 이제 막 취직한 주변 친구들 역시 회사 생활로 고통스러워했다. A는 나와 반대로 힘들면 살이 빠지는 체질이다. 안 그래도 말랐는데 자칫하다가 옷만 남기고 소멸하는 건 아닌지 걱정됐다. B는 '화낼 힘도 없다'라는 말이 관용적 표현이 아니라 몸 상태 그 자체라는 걸 깨달았다. 회사에서 부조리한 일을 겪어도 화 낼 기운이 없다고 하소연했다. 너무 피곤해서 오히려 밤에 잠이 안 온다는 C는 만성피로에 시달렸다. 출근할 시간이 되면 질 나쁜 수면 때문에 제곱으로 불어난 피곤이 몰려왔다. D는 월급에서 병원비를 빼야 실질임금이라고 주장했다. 취직 후 온갖 잔병치레가 끊이지 않았기 때문이다.

이대로는 생활도 일도 지탱하기 어려웠다. 우리는 각자 해결책을 찾았다. 누군가는 한약을 짓고, 누군가는 점심을 거른 채 비타민 주사를 맞으러 병원으로 달려갔다. 누군가는 술을 끊고 식이조절을 했다. 나는 나를 위한 답을 알고 있었다.

자발적 PT 푸어가 되다

　남는 게 시간이던 취업 준비 기간 동안, 나는 꾸준히 운동을 했다. 발레 스트레칭과 요가를 함께 배우는 두 시간짜리 강습을 받았다. 한 달 강습료로 7만 원을 내고 일주일에 두세 번 갔다. 그야말로 저렴하고 알찬 활력소가 되었다. 강사는 매번 '평소에 안 쓰던 근육 단련하기'를 강조했다. 허벅지와 무릎 안쪽에 힘을 주고, 고관절을 쭉쭉 늘리며, 허리를 똑바로 펴고 몸의 중심을 잡는 동작을 알려줬다. 내 몸에 온전히 집중하는 시간이었다. 몸은 정직했다. 아프고 힘든 걸 참고 이겨낸 만큼 유연하고 건강해졌다. 환절기에도 감기 한 번 안 걸렸다.

그런데 취직과 동시에 그렇게 좋아하던 운동과 이별했다. 개인 트레이너에게 강습을 받아왔는데, 수업이 하루에 딱 한 번뿐이어서 시간 맞추기가 여간 쉽지 않았다. 취업준비생이라 누릴 수 있던 호사였다. 나름대로 다져온 근육은 6개월간의 기자 생활로 흔적 없이 사라졌다.

다시 운동을 하고 싶었다. 오래 살고 싶어서가 아니었다(오히려 백 살까지 산다는 건 내게는 공포에 가깝다). 운동을 향한 나의 갈망은 먼 미래를 내다보는 장기적인 시각이나 자기 계발과는 거리가 멀었다. 운동과 멀어진 일상이 눈에 띄게 피폐해졌고, 그걸 견디기가 너무 힘들었다. 매일같이 몰아치는 생활의 고단함을 조금이나마 해소할 최소한의 근력과 체력 단련이 절실했다. 생존을 위한 운동 말이다.

요가, 필라테스, 복싱, 주짓수, 수영……. 평소 관심 가던 운동을 기웃거려봤지만, 일정한 시간에 강습 받을 자신이 없었다. 출퇴근 시간이 매우 불규칙한 일을 하다 보니, 그만큼 할 수 있는 운동의 선택지가 줄었다. 평일 저녁에는 언제 저녁 약속이나 회의가 생길지 몰랐다(기자라서 그런 것만도 아니다. 사무직인 주변 친구들도 평일에는 약속 잡기가 힘들 만큼 퇴근 시간이 불규칙했다). 아침 일찍 회사 근처 수영장에 간다는 선배도 있었지만, 아침형 인간은 타고나는 것. 나는 아침잠 인간에 가깝다. 15분 더 자려고 아침밥을 거르기 일쑤였다. 운동 후 샤워하는 시간까지 고려해 두 시간 더 일찍 일어났다간 '수면부족사(死)' 할 것 같았다.

그만큼 직장을 다니며 운동한다는 건 쉽지 않은 일이다. 서울시 통계에 따르면 2017년 서울에 거주하는 20대 중 주 3회 이상 규칙적으로 운동하는 사람은 17.8%에 불과했다(30대 20.4%). 반면, 운동을 거의 하지 않는 사람은 30%에 가까웠다. 운동하지 않는 이유로는 '운동을 할 충분한 시간이 없어서'가 압도적으로 많았다(20대 54.8%, 30대 58.1%).

물론 시간에 구애받지 않고 할 수 있는 운동도 있다. 대표적인 것이 헬스다. 하지만 망설였다. 별로 자랑스럽지 않은 기부의 역사 때문이다. 한 달치 헬스장 이용료를 내고 3일만 갔던 작심삼일의 추억. 심지어 대학 내 헬스장에 한 학기를 등록하고 단 하루도 운동하지 않은 적도 있다. 언제든지 갈 수 있다는 건 언제든지 가지 않을 수도 있다는 뜻이니까. 그런데 사회초년생이 자발적으로 시간을 내서 운동하러 간다? 벌써부터 실패의 냄새가 났다.

결국 6개월차 신입 기자인 내가 꾸준히 운동하기 위해

세운 조건은 두 가지였다.

첫째, 내가 정한 시간에 운동을 한다.
둘째, 비싼 돈을 내고 어느 정도의 성실함을 강제한다.

부지런한 사람들은 이런 조건에 공감할 수 없을 것이다. '운동하자'는 결심만으로 매일 새벽에 일어날 수 있다면 고민할 필요가 없다. 뭐든 상관없으니 자기가 좋아하는 운동을 바로 시작하면 된다. 하지만 나처럼 게으른 사람에겐 최소한의 장치가 필요하다. 적당한 돈을 내고, 정해진 시간에 가는 것. 이 두 가지를 만족하는 운동은 하나였다. 퍼스널 트레이닝(Personal Traning), 일명 PT.

PT란, 헬스 트레이너가 강습생에게 맞는 운동 계획을 짜고 이를 일대일로 도와주는 것을 말한다. 전문가가 나만을 위해 세심하게 운동을 가르쳐주는, 질 높은 서비스다. 그만큼 비싸다. 현직 트레이너로 일하는 친구의 말에 따르면 한 달에 적게는 30만~40만 원에서 많게는 70만~80만 원에 이른다. 수업의 내용이 좋거나 땅값이 비싼 지역일수록 가격은 높아진다.

당시 내가 살던 동네에는 PT가 가능한 헬스장이 세 군데 있었다. 어느 토요일, 시장조사를 나섰다. A 헬스장은 문이 닫혀 있었다. 주말에 열지 않는다는 점에서 이미 탈락이었다. 평일에만 시간을 내는 건 무리였다. B 헬스장은 지하에 있어서 어두운 데다 여름에는 너무 습할 것 같았다. C 헬스장은 4층짜리 건물을 통째로 사용해 나름대로 운동할 만한 공간을 갖추고 있었다. 운동기구도 많았고, 전부 새것이었다. PT 회원 등록을 하면 스피닝, 줌바, 요가 GX(Group Exercise, 단체 운동) 수업을 들을 수 있는 프로모션 행사도 진행하고 있었다. 트레이너들은 친절한 것 같았다. 주말에도 밤 12시까지 운영했다. 무엇보다 여성 전용 헬스장이라는 점이 가장 끌렸다.

정식으로 '싱담'을 받으러 갔다. 매니저를 겸하는 트레이너가 꼼꼼하게 설명해줬다.

"마침 헬스장 확장 기념으로 오픈 세일 중이에요."

"오, 얼마예요?"

"원래는 50분짜리 1세션에 8만 8000원인데요, 3개월치를 한번에 납부하시면 5만 원에 해드려요. 오픈 세일은 이번 주까지예요. 지금 가장 저렴하게 등록하실 수 있어요."

한 달 8세션 기준으로 40만 원. 내 월급의 20%이자 서울시 평균 월세에 해당하는 돈이다. 24세션 3개월치라면 120만 원을 지불해야 한다. 내 얼굴에 암울함이 드리웠는지, 매니저가 상냥하게 한마디 덧붙였다.

"할부도 돼요."

마음속 저울이 요동쳤다. 돈도 없으면서 운동에 이렇게 많이 쓰면 사치가 아닐까? 차라리 일반 회원으로 등록하면 열 배는 저렴한데, 내가 더 부지런해지지 뭐. 스스로를 더 채찍질하고, 의지를 갈고 닦아서…….

그런 게 가능할 리 없었다. 우왕좌왕하면서도 회사에 적응하고 한 사람 몫을 해내려고 힘쓰는 것만으로도 나는 매일 스스로를 지나치게 채찍질하고 있었다. 여기서 더 때렸다간 다리가 부러져서 주저앉을지도 모른다. 어차피 나에겐 야근, 술, 외식, 스트레스의 대가로 얻은 월급이 있다. 내 돈만큼 질 좋은 운동으로 힘을 얻는다면 월급의 20% 정도는 쓸 수 있는 거 아닌가. 과로 사회에서 체력은 곧 생존과 직결된다. 나는 당당해지기로 했다. 그렇게 'PT 푸어*'가 됐다.

★ 이 책에서 쓰고 있는 'PT 푸어'는 '하우스푸어', '카푸어'에서 착안해 만든 용어다. 집 한 채, 차 한 대를 구입하고 이를 유지하는 데 많은 비용이 들어 실질적으로 돈이 없는 사람들을 의미하는 이 신조어들처럼, 'PT 푸어'는 월급의 많은 부분을 PT에 소비하는 사람을 의미한다.

운동에 드는 '최소한'의 노력

"회원님, 왜 운동을 하시려는 거예요?"

PT 첫날, 나를 담당한 남성 트레이너가 물었다.

"건강해지려고요. 힘도 기르고 싶고요. 자세도 교정되면 좋겠어요."

"좋아요. 그럼 일단 인바디를 재볼까요?"

'인바디'는 나의 체중과 체질량, 체지방, 근육량 등을 알려준다. 체중계처럼 생긴 이 기계에 맨발로 올라가 양손 엄지손가락을 손잡이에 대고 있으면, 곧 측정 결과가 연결된 프린터에서 인쇄되어 나온다. 트레이너가 내게 그래프를 보여주며 말했다.

"보세요, 회원님. 지금 '체지방'이 제일 많고 '근육'이 제일 적죠? 이걸 반대로 만들거나 적어도 비슷하게 만들어야 해요. 그래야 몸매도 날씬해지고, 더 예뻐지고, 또 원하는 대로 건강해질 수도 있어요."

"어떻게 하면 그래프를 바꿀 수 있어요?"

트레이너가 눈을 반짝였다.

"제가 시키는 대로 하시면 돼요!"

결론부터 말하자면 나는 트레이너가 시키는 대로 할 수 없었다. 그는 바라는 게 너무 많았다. 그가 제안한 식이요법부터 비현실적이었다. 트레이너가 건넨 '식단'에는 4주 치의 아침, 점심, 저녁 메뉴가 적혀 있었다. 아침은 주로 고구마, 단호박, 브로콜리, 감자, 우유, 계란으로 이루어져 있었다. 점심은 쌀밥에 나물류 몇 가지, 저녁은 주로 닭가슴살이나 연어 샐러드, 자몽, 바나나, 방울토마토 등이었다. 다른 회원들에게도 같은 걸 권하는 것 같았다.

나는 이 식단표를 트레이너에게 그대로 돌려줬다. 그는 무척 난감해했다.

"식이요법과 운동을 같이하셔야 하는데……."

"저는 못 해요. 사실 아침을 챙겨 먹는 것도 벅차요. 점심이나 저녁 도시락을 쌀 수도 없고요.”

“시간을 조금만 내시면 돼요, 회원님.”

“아니요. 저는 못 해요.”

트레이너가 나를 위해 열심히 설득하는데도 이렇게까지 단호하게 스스로의 무능력을 확신하는 데에는 그럴만한 이유가 있었다. 모든 게 여유로웠던 취업준비생 시절에는 하루 세끼를 내 손으로 해 먹었다. 집을 나설 때는 점심, 저녁 도시락 두 개를 챙겼다. 돈도 아끼고 건강해지는 일석이조를 노렸던 것이다.

그런데 문제가 있다. 도시락을 싸려면 최소한 전날 저녁에 적정량의 재료를 준비해놓아야 한다. 요리할 시간도 필요하다. 고구마, 계란, 닭가슴살을 미리 삶거나 샐러드용 채소들을 미리 썰어놓거나 등등. 그날그날 도시락 설거지도 해야 한다. 도시락 가방도 몇 개 돌려쓰며 빨아야 한다. 이거, 상당히 귀찮다.

어쩌다 도시락 반찬을 남기게 되면 들고 다니는 동안 상하기도 한다. 남길 일 없는 맛있는 메뉴를 생각하고, 만들고, 뒷정리하는 일련의 과정은 분명히 ‘일’이었다. 처음 들어간 직장에서 주어진 일도 감당하지 못하고 허덕이는 나로서는 어떤 종류의 일도 더는 늘리고 싶지 않았다.

게다가 사회초년생에게 직장 선배와 점심이나 저녁을 먹는 일은 제법 중요한 역할을 할 때가 많다. 선배들과 밥을 먹으며 편하게 나누는 대화가 여러 모로 도움이 됐다. 일하면서 생긴 사람 간의 오해나 갈등도 밥을 먹거나 술을 마시며 풀기도 했다. 물론 차를 마시면서 얘기할 수도 있었겠지만, 그러기에는 다들 너무 바빴다. 바쁜 와중에도 밥은 먹었다. 트레이너가 제시한 식단을 주중에도 꾸준히 지키려면 지금과는 다른 일을 해야 했다.

한 가지 더, 트레이너가 추천하는 식단을 지키려면 돈이 상당히 든다. 고도 비만으로 건강이 악화된 주인공 신수지가 PT를 통해 건강을 되찾는다는 내용의 만화 《다이어터》*가 있다. 여기에는 저소득층의 고등학생 송참새가 등장하는데, 그 또한 고도 비만으로 외모콤플렉스에 시달린다. 우연한 기회에 무료로 PT를 받게 되지만, 트레이너한테 자몽, 닭가슴살, 샐러드 등으로 이루어진 식단표를 받고 당황한다. 라면같이 싸고 열량이 높은 인스턴트로 끼니를 때우던 사람에게 한

★ 네온비 지음, 캐러멜 그림, 중앙books, 2011.

개에 몇천 원씩 하는 과일은 낯설 수밖에 없다. PT에 많은 돈을 투자해서 생활비는 최대한 아껴야 하는 나로서도 공감이 갔다.

하지만 트레이너의 욕심은 식단에 그치지 않았다. 그는 운동 시간을 늘리고 싶어 했다. 저질 체력인 내게 스쿼트 30회, 케틀벨 스윙 30회, 런지 20회를 하고 30초 쉬는 세트를 다섯 개나 하게 한 뒤 헉헉대는 나에게 이런 망언을 늘어놓았다.

"운동은 많이 하면 할수록 덜 힘들어져요. 솔직히 이 정도 운동으로 근육이 손실되는 일은 없어요. 매일 나오시면 좋을 것 같아요."

트레이너는 자나 깨나 내 건강만 생각하다가 내게 직장이 있다는 사실을 잊은 모양이었다. 일주일에 두 번 PT 수업을 받기 위해 얼마나 애쓰는지도. 주간지 기자이다 보니 상대적으로 시간을 낼 수 있는 날이 적었다. 월요일이나 화요일 중 한 번, 그리고 주말에 한 번. 그게 다였다. 더는 어떻게 해도 시간이 나질 않았다. 이나마도 취재 때문에 취소할 때가 많았다. 갑자기 저녁 약속이 잡히면 취소, 기자회견이 생겨도 취소, 낮 동안 열심히 일했는데 별 소득이 없어서 자료를 좀 더 파야 할 때도 취소, 전날 마감으로 36시간을 꼬박 깨어 있어 내 몸이 '내 몸'이 아닐 때도 취소……. 왠지 억울한 마음에 트레이너에게 되물었다.

"그러면 제가 잘리겠죠?"

물론 나도 알고 있다. 그에게는 헬스장이 직장이고 건강한 게 직업이라는 걸. 그렇다고 해도 그는 운동이나 식단에 들여야 하는 시간과 노력을 오로지 '의지'의 문제인 것처럼 대수롭지 않게 말했다. 그가 얄미웠다.

나만 게으른 줄 알았더니, 그렇지도 않았다. 직종 불문하고 지속적으로 운동을 해 온 친구들에게 물어봤다. 일주일에 몇 번 정도 운동하냐고. 다들 겨우 한 번이나 두 번 시간을 내는 처지였다. 야근이 몰리는 시기에는 그나마도 못한다. 주말이면 몸에 피로가 누적된다. 그러면 아파서 운동을 못 간다. 그다음 주에는 상태가 더 심해진다. 운동할 시간도 없이 일하다가 몸이 아프고, 몸이 아픈데 운동할 시간도 없는 악순환. 이거, 한 번 걸려들면 끊어내기 힘들다. 그렇게 몇 년이 지나면 진짜 고치기 어려운 병에 걸릴지도 모른다.

한 친구는 이런 얘기를 했다.

"트레이너가 내 일과를 듣더니 더는 헬스장에 자주 오라는 소리 안 해. 깜짝 놀란 것 같더라. 자기가 봐도 이게 한계인 거지. 정말 마른 수건 쥐어짜듯이 시간을 낸 거라고."

그렇게 아등바등 시간을 내 헬스장에 가면, 비로소 내 몸에만 집중할 수 있을 거라고 생각했다. 하지만 꼭 그런 것도 아니었다. 비싼 돈을 내도 헬스장이 여성의 몸을 다루는 방식에서 자유로울 수는 없었다.

뚱뚱한 게 모욕당할 일인가요?

삶의 조건이 조금만 달랐더라도 나는 결코 헬스를 시작하지 않았을 것이다. 예를 들어, 언제나 일정한 시간에 퇴근을 할 수 있었다면 새로운 운동을 배웠을 것이다. 나는 헬스장을 부정적으로 생각해왔기 때문이다. 마치 치과에 가면 치아 관리를 잘못했다고 지적받고, 미용실에 가면 머릿결이 상했다고 잔소리를 듣듯, 헬스장에 가면 내 몸을 마르고 탄탄하게 관리하지 못했다고 욕먹을 것 같아 두려웠다.

헬스장에 등록하기 전, 당시 내 룸메이트에게 이런 고민을 털어놓았다.

"나 PT를 받을까 하는데, 사실 좀 무서워. 뚱뚱하다고 혼

내면 어떡하지?"

"걱정할 만해. 진짜 심하게 대하는 곳도 있다더라. 내 직
장 동기 하나는……."

룸메이트의 직장 동기였던 30대 S는 평생 저체중으로 살
았다고 했다. 여성에게 비정상적으로 마른 몸매를 강요하는
대한민국의 '사회적' 기준으로 봐도 그랬다. 근육이 많은 체
형 또한 아니었다. 어느 여름날, S는 점심시간에 직장 근처에
서 헬스장 광고를 보고 호기심이 동했다. 헬스로 근력을 키워
볼까 싶었던 것이다. 그런데 상담을 시작하자마자 남성 트레
이너가 다짜고짜 반팔을 입은 그녀의 팔뚝을 손가락으로 집
고 흔들었다.

"고객님, 설마 본인이 날씬하다고 안심하는 거 아니시
죠? 이거, 이거 다 지방이에요. 지방!"

S는 트레이너의 손을 뿌리치고 자리에서 일어났다. 누구
라도 그런 모욕을 참을 수는 없었을 것이다. 심지어 돈을 내
라고? 오히려 트레이너는 S의 단호한 태도에 당황했다고 한
다. 상담실을 박차고 나오는 그녀의 뒤통수에 그가 던진 말이
가관이었다.

"화나셨어요? 고객님을 위해서 한 말인데……."

그러니까 이런 태도는 이른바 '자극'이라는 미명 아래 과체중인 사람만 괴롭히는 것이 아니다. 마르고 날씬한 사람들도 모욕하고 깎아내림으로써 자기 몸을 부정적으로 인식하게 하고, 그 문제를 '해결'하기 위해 헬스장에 돈을 내도록 '마케팅'한다. 사실 그들이 저지른 모욕 자체가 문제의 원인인데 말이다. 이제부터 이런 적반하장식 홍보 전략을 '모욕 마케팅'이라고 부르겠다.

다수의 헬스장이 모욕 마케팅을 활용해 돈을 버는 것은 어제오늘 일이 아니다. 자못 재치 있다는 듯이 사용되는 광고 문구를 보면, 여전히 그 본질은 모욕임을 알 수 있다.

"뚱뚱하고 못생기셨나요? 이제 못생기기만 하세요!"
"뼈만 남기고 빼드립니다!"
"인생은 다이어트 전과 후로 나뉜다!"

모욕의 대상에는 남녀 구분이 없지만, 다이어트에 관한 여성의 몸은 남성의 몸보다 더 적극적으로 모욕당한다. "뼈만 남기고 빼드립니다!"라는 표현이 상정한 청자가 남성일 리는 없다. 헬스장 광고지에 나오는 남성 모델의 몸은 거

대하고 울퉁불퉁하기 때문이다. 그들은 초콜릿 같은 복근이나 헐크 같은 이두박근을 자랑하고 있다. 뼈만 남겨서는 결코 그런 몸이 될 수 없다. 그들이 가리키는 대상은 분명 여성의 몸이다.

헬스장 광고의 목표는 성별에 따라 정반대다. 남성의 몸은 키우고, 여성의 몸은 줄이겠다고 단언한다. 더러 보디빌더 같은 여성의 이미지가 사용되기도 하지만, 그보다 더 흔히 볼 수 있는 건 가늘고 마르고 날씬한 몸이다. 건강보다는 아름다움이 강조된다. 남성 모델은 무표정하거나 공격적이거나 '치명적인' 표정을 짓고 있는 반면, 여성 모델은 언제나 환하게 웃고 있다.

그저 광고일 뿐이라고 생각할 수도 있다. '광고가 불쾌해? 그럼 그 헬스장을 이용하지 않으면 그만이잖아!' 페미니즘은 종종 이러한 선택만능주의적 반박을 받곤 한다. 자본주의 세상에서 우리 모두는 소비자로서 '선택'의 권리가 있으니 불편하면 네가 '거르면' 될 뿐, 헬스 업계 전체를 비판할 필요가 있느냐는 것이다. 그러나 여성을 모욕하고 대상화하는 광고의 해악은 개인의 불매만으로 해결되지 않는다. 그런 광고는 현재를 살아가는 여성과 다음 세대의 여성, 그리고 '구경

꾼'인 남성들에게도 왜곡된 인식을 심어준다. 1979년, 장 킬본 감독은 다큐멘터리 〈킬링 어스 소프틀리(Killing us softly)〉에서 이런 점을 지적했다.

이 30분짜리 짧은 다큐멘터리는 다양한 광고에서 사회가 특정한 '여성성'의 이미지를 재생산하고 왜곡해 퍼뜨리고 이를 공고히 하는 과정을 분석한다. 소비주의 시대에 광고는 사람들이 사는 동안 가장 많이 접하는 '콘텐츠'다. 태어나 눈뜰 때부터 죽을 때까지, 우리는 끊임없이 길거리 전광판, 버스와 지하철, TV, 컴퓨터, 휴대전화 속 광고에 노출된다.

광고 문구 대부분은 특정 '가치'를 제시하고, 돈을 내면 이를 소유할 수 있다고 홍보한다. 헬스장 광고는 '건강'과 '행복'을 이미지화해 보여주면서 돈을 내고 이것들을 사라고 제안할 것이다. 그렇다면 헬스장 광고 속의 건강하고 행복한 여성은 어떤 모습인가? 가늘고, 마르고, 날씬하고, 가슴과 엉덩이만 튀어나왔으며, 배와 팔다리를 노출한 채 환하게 웃고 있다. 뒤집어보면, 이런 말을 하고 있는 것이다. 이런 이미지에 맞지 않는 여성은 건강하지도 행복하지도 않은 존재라고.

〈킬링 어스 소프틀리〉는 이러한 광고 이미지 대부분이 포토샵과 합성으로 조작된 것임을 폭로한다. 실제로 그렇게 생긴 여성은 존재할 수 없고, 존재하지 않는다. 이런 왜곡된 광고 이미지들 때문인지, 군살이 거의 없는 저체중의 여성들조차 자기 몸을 혐오한다. 내장으로 자연스레 튀어나온 부위를 보고 '뱃살'이 나왔다고 말이다. 나무판자처럼 딱딱하고 평평한 배만이 정상이라는 환상. 이는 광고와 마케팅에만 한정되지 않는다. 돈을 내고 운동하는 헬스장에서도 이 같은 방식으로 여성혐오를 재생산하고 있다.

2부

헬스장이 여성의 몸을 다루는
방식에 반기를 들다

명예의 단두대 전당

　내가 다녔던 헬스장은 입구에 들어서면 좁은 복도가 이어졌다. 복도 한쪽 벽에는 여러 장의 사진이 줄지어 걸려 있었다. 모두 여성으로, 스포츠 브라에 트레이닝 바지를 입고 배를 드러냈다. 두 장이 한 세트다. 같은 사람인데, 왼쪽보다 오른쪽이 더 마르고 탄탄했다. 나는 이 사진들이 무서웠다. 몸들이 전부 목에서 뚝 잘려 있기 때문이다. 복도를 걷는 내내 내게 이렇게 말하는 것 같았다.

　'눈, 코, 입은 필요 없어. 뇌도 필요 없어. 너는 몸이야. 여기는 몸만 존재하는 곳이야.'

　이 복도는 사실 '명예의 전당'이다. 사진의 주인공들은 원래 '왼쪽 몸'을 하고 있었다. 뚱뚱하거나 통통하거나 출렁이거나 배가 나왔다. 그러나 혹독한 PT를 거쳐 마침내 '오른쪽 몸'을 달성했다. 날씬하거나 탄탄하며 들어갈 데는 들어가고 나올 데는 나온 모래시계 같다. 그 아름다운 성취의 전리품으로써 몸은 만천하에 전시된다.

수많은 헬스장이 여성의 몸을 다루는 방식은 늘 이런 식이다. '왼쪽 몸'은 모욕하는 대상이고, '오른쪽 몸'은 찬양하는 대상이다. 몸은 그 자체로 그들의 인내와 근면, 성실, 금욕, 시간과 돈의 투자를 증명하는 증거이자 목소리다. 하지만 이 명예를 거머쥔 이들이 어떤 표정을 짓고 있는지는 누구도 알 수 없다. 어쩌면 운동 전의 몸 사진 때문에 얼굴 공개가 부끄러웠을지도 모른다. 그럼에도 끝내 몸만 따로 떼어 자랑하고 있는 이 복도는, 목이 베인 채로 몸만 남은 '명예의 단두대 전당'이 되어버렸다.

내가 헬스를 하는 이유는 머리가 잘리고 배를 드러낸 몸의 이미지와 전혀 관계가 없었다. '하루를 잘 살아내기 위해서'가 유일한 이유였다. 일과가 끝나면 허리, 어깨, 목, 손목이 아팠기 때문이다. 항상 피곤했다. 지하철 계단을 오르내리기가 힘들었고, 조금 멀리 출장을 다녀오면 체력을 회복하기까지 오래 걸렸다. 모두 체중이나 몸의 부피를 줄이는 것과는 무관한 고민이다. 나는 첫 만남부터 트레이너에게 이 점을 분명히 말했다.

그럼에도 그는 자꾸만 나를 '명예의 단두대 전당'에 올리고 싶어했고, 그 과정에서 망설임 없이 내 몸을 모욕했다. 그래도 세 번까지는 말실수이겠거니 하고 봐줬다.

첫 번째 아웃은 유산소운동을 집중적으로 한 날이었다. 운동과 숨쉬기를 동시에 하느라 무진 애를 쓰고 있는 내게 트레이너는 감히 이런 추임새를 넣었다.

"조금만 더! 조금만 더! 아이고, 힘들어! 나도 날씬하게 태어날걸!"

거기서 멈추고 화를 버럭 내야 했는데, 바보같이 계속 운동하느라 타이밍을 놓쳤다. 1년이 넘은 일인데 아직도 화가 난다. 대답하기 어려울 때 치사하게 저런 말을 하다니. 그때였을 것이다. 세 번째는 참지 않겠다고 다짐한 순간이.

마음 같아서야 한 번이든 세 번이든 횟수는 중요하지 않았다. '당신이 뭔데 그런 말을 하느냐'고 몰아세우거나 단호하게 트레이너를 교체하고 싶었다. 하지만 단칼에 갈아치웠다가 더 마음에 안 드는 트레이너가 배정될까봐 걱정되었다.

그리고 무엇보다 그는 운동을 보조해주는 전문가로서 훌륭했다. 내 한계치를 아슬아슬하게 넘는 운동량도, 질리지 않도록 다양하게 구성한 운동 코스도 마음에 들었다. 단지 그는 내가 운동하는 이유가 뭔지 도대체 경청하지 않았다. 그것만 어떻게 해결되면 월급의 20%가 아깝지 않은 훌륭한 트레이너였다.

두 번째 아웃은 인바디를 둘러싸고 벌어졌다. 내가 소고기도 아닌데 그는 자꾸 나를 저울 위에 올리려고 했다.

"지난주 금요일에 쟀는데, 지금 월요일이잖아요. 3일 만에 뭐가 바뀌어요?"

"주말에 많이 드셨다니까 '벌'로 재야겠어요."

그는 숫자로 내 몸을 정의하는 행위를 '벌'이라고 불렀다. 전교 등수를 교실 복도 벽에 붙여서 꼴찌들에게 창피함을 주듯, 그는 내게 충격요법으로 동기부여를 하려고 했다. 어처구니가 없었다.

"무슨 벌이요? 저 날씬해지려고 운동하는 거 아니에요."

"그럼 왜 해요?"

"건강해지고 싶어서 한다니까요!"

온갖 운동 명칭은 줄줄 꿰면서 이것만은 왜 죽어도 못 외울까.

세 번째 아웃은 정말 용서할 수 없다. 그는 사랑하는 나의 약혼자를 모욕했다.

"덤으로 날씬해지면 좋잖아요. 남자친구도 좋아할 테고."

"남자친구는 지금 제 몸매가 딱 좋대요. 더 통통해도 좋대요."

"그 말을 진짜 믿어요?"

그의 반문에는 지독하게 무례한 전제가 깔려 있었다. 약혼자가 나의 현재 외모에 만족하지 못하고 있으며, 틀림없이 더 날씬한 모습을 사랑할 것임에도 불구하고, 내게 거짓말을 하고 있다는 것이다. 트레이너가 주장하는 '이상적인 여성의 몸매'가 절대적일까? 그렇다 하더라도 나를 향한 약혼자의 사랑보다 그의 말을 더 신뢰해야 할 이유가 있을까?

야구는 삼진아웃이면 '체인지'다. 나는 야구팬으로서 여기서 담판을 짓든지 트레이너를 바꿔야겠다고 결심했다. 언성을 높이지는 않았다. 웃으면서 말했지만, 내 의견을 굽히지 않았다. 여러 번 얘기하고 또 얘기했다. 나는 살을 뺄 생각이 없다, 나는 지금도 아름답다, 내 몸에 만족한다, 날씬해지지 않아도 잘 살 수 있다……. 트레이너는 '그래도 더 날씬해지면 좋지 않냐'고 거푸 강조하다가 끝내 나와는 말이 안 통한 다는 결론을 내렸다. 이후로는 주말에 뭘 먹었냐고 물어보지 않았다.

놀랍게도 내가 만난 모든 트레이너는 '날씬해지려고 운동하는 게 아니다'라는 개념을 받아들이는 걸 무척 어려워했다. 내가 운동하는 이유를 명확히 밝혔음에도 불구하고. 아마 많은 여성이 마르고 탄탄한 몸매를 갖고 싶어서 헬스장에 온다고 생각하기 때문에, 그걸 너무 익숙하고 당연하게 여기는 것 같다.

실제로 헬스장을 찾은 다수의 여성이 그런 몸을 갖고 싶어 할지도 모른다. 내가 '명예의 단두대 전당'이라고 부르는 얼굴 없는 사진들? 그들은 효과적으로 살이 빼고 싶어서 헬스장에 왔고, 그 목표를 이루기 위해 최선을 다했고, 결국 원하던 몸을 완성해서 칭찬받고 있다. 누가 이 여성들을 비난할 수 있을까? 목표를 위해 땀 흘려 노력했고, 원하는 것을 쟁취한 훌륭한 여성들을.

이러한 여성들의 자발성을 근거로, 내가 만난 트레이너들은 항변할지 모른다. 자신들은 서비스업자이며 소비자의 욕망에 충실히 복무했을 뿐이라고. 즉 여성이 주체고, 트레이너나 헬스장은 도구라는 식으로 말이다. 건강하고 예쁜 몸을 갖고 싶은 게 무슨 문제인가?

페미니스트들은 현실이 그렇게 단순하지 않다고 말해 왔다. 《참을 수 없는 몸의 무거움》*에서 수전 보르도는 거식증과 '몸 만들기'를 예로 들며 어떻게 문화가 여성의 몸에 재현되는 동시에 여성의 몸을 통제하는지 설명한다. 운동과 식이로 다져진 몸은 거식증으로 깡마른 몸과는 달리 건강하고 올바른 몸의 이데아처럼 보인다. 하지만 보르도는 이 둘이 크게 다르지도 않다고 본다. 두 경우 모두 여성의 몸은 탄탄하고, 평평하고, 매끈하다. 그런 몸만이 숭배된다. 지방, 군살, 뱃살(내장의 흔적만 보여도 뱃살이라고 한다!), 허벅지 살, 종아리 알, 팔뚝 살, 허리 살은 타파해야 할 부끄러운 대상이다. 결국 여성에게는 두 가지 선택만이 남는다. 해골만 남기거나, 근육으로 온몸을 꽉 조이거나. 강박적인 다이어트와 보디빌딩, 극과 극은 통한다는 것이 보르도의 주장이다.

보르도는 이를 후기자본주의와 소비주의 문화의 반영이라고 보았다. 욕망, 자본, 시간은 무한하다. 더 권력 있는

★ 수전 보르도 지음, 박오복 옮김, 또하나의문화, 2003.

것, 더 좋은 것, 더 완벽한 것을 향한 끊임없는 자기계발. 그렇게 최고의 성과를 생산한다. 덜렁이거나 거추장스러운 것 혹은 결점이 없는 '미니멀한 몸'. 이런 문화는 끊임없이 여성의 몸을 통제한다. 모욕적일 뿐만 아니라 으름장을 놓는 듯한 헬스장 광고, TV와 잡지 속 여성들의 '극세사 다리'와 '11자 복근', 작은 몸에만 맞는 '프리사이즈' 옷, 명예의 단두대 전당……. 시간, 공간, 일상의 조직과 통제를 통해 우리 몸은 훈련된다. 그렇게 특정된 몸에 남성성과 여성성, 욕망과 자아가 새겨진다. 이 과정에서 여성을 억압하는 '여성성'이 재생산되는 것이다.

정육점의 여자들

보르도의 지적 중 또 하나 재밌는 점이 있다. 여성이 마르거나 탄력 있는 몸을 극단으로 추구하게 되면 유방과 엉덩이의 풍만함이 사라지면서 전통적 의미의 '남성적' 몸에 가까워진다는 것이다. 거식증에 걸린 사람과 보디빌더의 이미지가 그렇다. 보르도는 바로 거기에서 여성들이 실현 불가능한 요구를 맞닥뜨린다고 말한다.

여성은 사회적인 '여성성'을 충족하면서도 '군살 없는' 몸매가 되어야 한다. 굴곡지면서도 가늘어야 한다. 근육이 발달하되 절대로 굵어선 안 된다. 그래서 인터넷에는 "허벅지 단련 운동을 하면 허벅지가 굵어지나요?", "운동하면 종아리에 알이 생기나요?", "수영을 하면 어깨가 넓어지나요?" 등 여성들의 질문이 끝이 없다.

꾸준한 요가와 스피닝으로 몰라보게 몸이 건강해진 친구 A가 있다. 원래도 마른 몸이 이제는 탄탄하고 마른 몸이 되었다. 스스로도 그런 변화를 긍정하고 있다. 하지만 집에만 가면 그 긍정이 위협받는다. 엄마가 대놓고 "몸이 너무 커졌으니, 운동 심하게 하지 마"라고 말하기 때문이다. 젓가락처럼 가느다란 팔다리를 '망친다'는 이유로 운동조차 경계하는 것이다!

사회가 여성에게 강요하는 몸 이미지에 대해 비판적이지 않은 트레이너들은 이런 모순적인 규범을 전적으로 수용하며 재생산한다. 나 역시 그런 말을 귀가 따갑도록 들었다. 어깨나 등 운동을 할 때, 트레이너는 나를 위한다는 듯 이런 말을 덧붙였다.

"이 운동은 승모근이 튀어나오지 않아요."

나를 안심시킨답시고 하는 말이다. 승모근이 튀어나오면 이른바 '덩치'가 커 보이거나, 어깨가 '우람'해 보여서 '여성스럽지' 않기 때문이다. 헬스장 남성 회원들에게도 이런 말을 했을까? 그랬을 리 없다.

처음 레그프레스를 했을 때도 비슷한 말을 들었다. 레그프레스는 앉은 자세로 허벅지 힘을 이용해 중량을 밀어내는 기구 운동이다. 다른 중량 운동과 달리 처음부터 30kg, 40kg를 시도할 수 있다는 점이 내겐 고무적이었다. 과연 첫 시도에 몇 kg까지 해낼 수 있을까? 욕심껏 중량을 늘려가던 중에 트레이너가 말했다.

"너무 많이 하면 허벅지가 굵어지니까, 여기까지만."

신났던 나는 김이 새버렸다. 트레이너가 '처음부터 무리하면 위험하니까'라든가 '천천히 중량을 늘리는 게 장기적으로 효과적이니까' 여기까지만 하자고 말했다면, 실망하지 않았을 것이다. 그는 잘못된 근거로 운동을 중단시켰다. 내가 운동하는 목적을 부정하는 근거였다. 최대한의 힘을 기르기보다 '여성'의 몸 이미지를 다듬는 데 주력했다.

이처럼 여성혐오적 욕망은 여성의 신체를 부위별로 조각내 인지하고 평가함으로써 여성의 몸을 통제한다. 몇 년 전, 친구 L이 단체카톡방에 사진을 올렸다. 수영복을 입은 여성들의 이미지였다.

"여기 빨간 선으로 표시된 건 골반이고, 보라색은 대퇴골이래. 그러니까 골반이 가로로는 넓고 세로로는 짧아서 대퇴골이 높이 있어야 예쁜 몸매라는 거야. 골반이 위아래로도 크면 하체가 무거워 보인대. 내가 골반 있는 편인데도, 왜 하체 비율이 망했는지 이제 알았음."

충격적이었다. L은 하체 비만은커녕 굉장히 날씬한 편이었다. 그럼에도 여성들의 몸을 고관절과 골반, 대퇴골로 구분한 후 이를 비교해놓은 사진을 보고, 그 기준에 맞춰 자기 몸을 부위별로 평가하고 있었다.

당시 이 사진은 10대, 20대 여성들이 많이 이용하는 포털사이트의 카페와 인터넷 커뮤니티를 통해 빠르게 퍼져나갔다. 이 사진을 최초로 올린 블로거는 여성의 몸매를 평가하며, 골반, 고관절, 승마살 같은 용어가 떠돌아다니는데 정확히 어디를 지칭하는지 혼동하는 경우가 많다고 했다. 자신이 직접 '정리'하겠다고 나선 그는 해당 글에서 "외모에 갖가지 기준이 생기면서 모두에게 가혹한 사회가 되어가고 있다"라고 언급했다. 하지만 그가 올린 '비교 사진'은 모두에게 좀 더 가혹한 잣대를 들이대는 방식으로 확산되었다.

L이 나에게 사진을 보낸 건, 이 잣대를 강요하기 위해서가 결코 아니다. 그저 '신기한 정보'를 보고 '심심해서' 한번 해본 생각을 친구에게 알려준 것뿐이다. L은 세세하고 가혹

한 뼈 단위의 외모 평가에 자기 몸을 대입하면서도, 이런 행동이 스스로를 갉아먹는다고 생각하지 않았다. 그저 재미로 자기 몸을 한번 돌아봤을 뿐이다.

하지만 정말로 그럴까? 그렇다면 마른 몸매에도 불구하고 L이 자기 몸을 계속해서 폄하하는 이유는 무엇일까? 다리가 늘씬하고, 허리가 가늘고, 뱃살이라곤 하나도 없지만, 이제 L은 '골반이 위아래로 짧지 않아서 망했다'고 불평한다. 새로운 미의 기준을 늘어놓으며 여성의 몸을 정육점의 고기처럼 '부위'를 나눠 평가하는 '놀이'가 L에게 정말 아무 영향도 미치지 않았을까?

단단하고 근육이 발달했지만 울퉁불퉁하지 않을 것.
모든 뼈가 부위별로 완벽한 비율일 것.

나는 이 불가능한 요구를 수용할 생각이 없다. 그래서 나는 반(反)다이어트주의자다. 나는 여성이다. 내 몸은 어떤 모양이든, 어떤 모습이든 있는 그대로 아름답다. 헬스장과 이 사회가 제시하는 특정 몸매만이 '완벽한 여성성'이라는 주장에 반대한다.

여성을 위한 콘텐츠 플랫폼 핀치에서 〈떼아모 쿠바〉를 연재하는 나오미는 쿠바에서 자기 몸을 완전히 긍정하는 법을 배웠다고 말한다.

"쿠바에는 군살을 향한 날카로운 시선이 없다. 레깅스로 인해 뱃살과 옆구리 살이 불룩 튀어나와도 쿠바인들은 전혀 개의치 않는다. 여성의 가슴이 볼록한 게 당연하듯 몸 곳곳에 위치한 군살들도 그들에겐 당연하다. 쿠바에서는 의자에 앉을 때 쿠션으로 배를 가릴 필요도 없고, 허벅지 안쪽 살을 가리기 위해 롱티셔츠를 고집할 필요도 없다."★

이 글을 본 순간, 머리를 한 대 얻어맞은 것 같았다. 나역시 내 몸을 긍정한다. 그렇다고 의자에 앉을 때 쿠션이나 가방으로 배를 가린 적이 한 번도 없었다면 거짓말이다. 하지만 지구상에는 그럴 필요가 전혀 없다고 생각하는 문화권이 존재한다. 생각해보면 맞는 말이다. 인간의 몸에 피하지방이 있는 게 뭐가 어때서? 왜 그걸 없애거나 없는 척하며 살아야

★ 〈떼아모 쿠바〉(나오미 지음, 핀치, 2019)

하지? 같은 이치로, 근력을 집중적으로 키우는 운동을 열심히 해서 종아리나 어깨가 울퉁불퉁해졌다고 실망할 이유가 있을까? 인간이라면 자연스러운 일인데, 왜 여성에게는 절망적인 일이 되어야 할까? 그게 바로 성차별이다.

외적인 부분에만 집착하지 않아도 운동이 내 몸에 가져오는 변화를 상찬하는 건 어렵지 않다. 운동은 몸의 외적인 부분만 변화시키는 게 아니기 때문이다. 최대한 시간을 짜내한 최소한의 운동이 내게 주는 진짜 성과는 눈에 잘 보이지 않는다. 이제는 무거운 가방을 메고도 어디든지 다니는 것처럼. 정수기 생수통 정도는 전혀 무겁지 않다. 똑바로 허리를 세우고 일하는 게 좋다. 나는 운동으로 내 몸의 이미지를 만들지 않는다. 대신 일상을 더 잘 살아갈 힘을 기른다, 조금씩.

예식장과 헬스장 사이

2017년 2월, 나는 결혼했다. 한국기자협회 회원이면 식비를 10% 할인해준다기에 서울 시청역 앞에 있는 한국프레스센터에서 예식을 올렸다. 2월이 좋아서 고른 건 아니었다. 8개월 전부터 3월은 이미 토요일 예약이 꽉 차 있었다. 분명히 통계적으로는 신혼부부 숫자가 줄었다는데, 왜 예식장에는 줄을 서야 하고 결혼박람회는 인산인해인지 도통 미스터리다.

그렇게 타의로 고른 결혼식 날은, 하필이면 전무후무한 국내 최대 '태극기집회'가 서울광장에서 열리는 날이었다. 결혼식은 12시부터, 집회는 오전 11시부터였다. 내 친구들은 태극기를 열성적으로 흔드는 무리를 헤치고 겨우겨우 예식장에 도착했다. 능청스러운 성격의 한 후배는 그들의 구호를 함께 외쳐주었더니 "거, 참 미래가 밝은 젊은이"라며 길을 터주더라는 무용담(?)을 늘어놓기도 했다. 예식장은 20층이었는데, 1층 로비는 화장실을 이용하려는 태극기집회 참가자들로 점령당하다시피 한 상태라 혼잡했다. 심지어 지방에서 온 시댁 친척들을 위해 떡과 과일을 준비했는데, 집회 참가자들이 자신들을 위해 준비한 음식인 줄 알고 탈취(?)하려 드는 바람에 실랑이가 벌어지기도 했다. 그야말로 아수라장이었다. 마치 내가 2016년 하반기 내내 '박근혜-최순실 게이트'를 열심히 취재한 것이 소문나서 사적인 복수를 당하는 건 아닌가 싶을 정도였다. 다행히 예식장 직원들의 재빠른 대처로 큰일은 없었다.

여러모로 잊지 못할 결혼식이 끝난 후, SNS에는 웨딩드레스를 입은 내 사진이 잇달아 올라왔다. 친구들이 찍은 사진들이었다. 그 속의 나는 2019년 지금의 나보다 약 15kg 무겁다. 내 인생 최고의 몸무게, 최고의 부피를 가진 모습이었다. 그렇지만 나는 그 어느 때보다 아름다웠다. 가장 큰 이유는, 한번도 걸쳐본 적 없는 금액대의 웨딩드레스를 입고 돈을 들여 헤어스타일링과 메이크업을 받은 후 찬란한 조명 아래 서 있었기 때문이다. 거기에 더해 사진 속의 나는 행복하게 웃고 있다. 번거롭고 귀찮고 지난했던 결혼 준비가 끝났다는 사실에 기뻐하고, 곧 떠날 신혼여행에 설레고, 무엇보다 사랑하는 사람과 새 생활을 시작한 것에 행복해하고 있었다. 그건 체중계에 표시되지 않는 종류의 아름다움이다.

트레이너에게 내 결혼사진을 보여준 적은 없다(카카오톡 프로필 사진을 봤을지도 모르겠지만). 만약 보여줬다면 뭐라고 했을까? 그다지 긍정적인 반응이 기대되진 않는다. 한숨을 쉬거나 대놓고 '살쪄 보인다'고 할지도 모른다. 이렇게 확신하는 이유가 있다.

결혼식 일주일 전, 나는 트레이너에게 다음 주에는 신혼여행을 가야 해서 운동을 할 수 없다고 얘기했다. 트레이너는 가장 먼저 '축하한다'고 말하지 않았다. 그는 충격을 받은 듯했다.

"헐! 회원님! 그걸 지금 말씀하시면 어떡해요?"

"왜요?"

"결혼사진 찍으실 거 아니에요? 결혼한다고 진작 말씀하시지! 완전 특별 관리해드리는데. 아이고, 큰일 났다. 큰일 났어!"

　트레이너는 호들갑을 떨며 발을 동동 굴렀다. 다소 애교스럽고 과장된 표현이었지만, 어느 정도는 진심으로 당황한 것 같았다.

　트레이너가 어떤 전제를 깔고 있는지, 주변에 결혼을 한 친구가 한 명이라도 있다면 잘 알 것이다. 평생에 한번 남을 결혼사진에 '최대한 예쁜(=마른) 모습'을 남기기 위해 당연히 살을 빼야 한다는 얘기다. 신부는 되도록 여위어야 한다는 한국 사회의 '결혼 규범'은 생각보다 강력하다. 무서운 건 평소 통통하다고 생각해본 적도 없는 날씬한 친구들도 하나같이 결혼을 앞두고 '죽음의 다이어트'에 돌입한다는 점이다.

　즐겁고 행복한 결혼식을 앞두고 비쩍 말라간 나의 기혼 친구들이 안타까웠다. 반다이어트주의자인 나는 그들의 선택을 이해할 수 없었지만, 자칫 비난하는 것처럼 보일까봐 자세하게 묻지도 못했다. 어차피 웨딩드레스는 몸에 맞춰서 만드는데……. 그러려고 비싼 돈 주고 빌리는 거 아닌가? 그럼에도 아무도 시키지 않는 다이어트를 하게 만드는 강력한 힘이 무엇인지 궁금했다.

　'인생 사진'이라는 키워드를 붙잡고 추리에 들어가야 할 것 같다. 누구나 자신의 '가장 예쁜 모습'을 남기고 싶은 욕망이 있다. 결혼이라는 인생의 중대한 결정을 내린 후 찍는 사진은 더욱 그럴 것이다. 그런데 여기서 문제가 생긴다. 사회가 여성과 남성에게 세뇌한 '가장 예쁜 모습'은 내가 내 몸이라 여기고 살았던 지금까지의 모습이 아니다. 아직 드러나지 않은 모습, 마치 대리석을 조각하듯 '불필요한 지방 덩어리'를 쳐내고 잘라낸 후의 모습, 지금까지 본 적 없지만 광고에 나오는 연예인처럼 마르고 가느다란 팔다리와 납작한 배를 지닌 모습이다. 그런 몸을 또다시 (문자 그대로) 코르셋으로 조이고 웨딩드레스를 입으면 매끈한 라인의 몸매, 날카로운 턱선과 주름 없이 가녀린 목선이 강조된 이미지가 만들어진다. 많은 사람이 이런 사진을 원하는 것이다.

　이 같은 욕망을 가진 '사람'을 비난하고 싶지는 않다. 하지만 정확히 짚고 넘어가야 할 게 있다. 이 '욕망'은 가짜이고, 미디어와 광고의 세뇌이며, 문제적이다. 오히려 극단적으로 굶던 시절에 사진을 남기면, 사는 동안 내내 자신의 외모를 평가하는 잣대로 삼지 않을까?

　예쁜 사진, 잘 나온 사진을 남기고 싶은 마음이 문제라는 건 아니다. 하지만 이를 특정한 몸, 즉 마르고 지방과 군살 없이 탄탄하며 매끈한 몸만으로 이룰 수 있는 건 아니다. 나는 턱살이 접힌 내 결혼사진이 마음에 든다. 행복하게 웃고 있어서 아름답다. 턱선이 어떻고, 콧대가 어떻고, 볼살과 얼굴 크기가 어떻고 하는 문제가 아니었다는 뜻이다. 이 진심을 어떻게 표현하면 좋을까? 내가 나르시시스트인 걸까?

1년 뒤, 친구 Y의 결혼 소식을 접했다. SNS에 올라온 청첩장 속에서 Y는 웨딩드레스를 입고 있었다. 너무 아름다워서 눈물이 난다고 댓글을 달았더니, 그녀는 이런 내용의 답글을 달았다. "네 결혼 준비 글을 보고 약간의 자괴감을 느꼈어. 나는 왜 당당하게 아름다운 신부가 되지 못할까 하고. 누가 결혼 때문에 살 빼냐고 물어보면 건강 때문이라고 대답하지만, 사실은 아닌 것도 아니야. 왜 조금은 부끄러워하면서 아닌 척하게 될까?" 'ㅋㅋ'도 'ㅠㅠ'도 들어간 가벼운 문장이었지만, 나는 가볍지만은 않은 '고해성사'로 느껴졌다(덧붙이자면 나는 SNS에 별다른 '결혼 준비 글'을 올린 적이 없다. 다만 청첩장 사진과 함이 들어왔을 때 찍은 사진을 올렸을 뿐이다).

Y의 그 말을 오랫동안 곱씹었다. 건강 때문이라고 말하지만, 실은 결혼을 의식한 게 아닌 건 아닌 Y의 다이어트. 자괴감'과 '부끄러움'. 가장 행복한 순간을 위해 준비할 때 왜

결식이나 단식 같은 고행이 동반되어야 하며, 그 과정에서 왜 여성이 '자괴감'이나 '부끄러움' 따위를 느껴야 하는 걸까?

특정 트레이너를 탓하려는 건 아니다. 예쁜 결혼사진을 찍고 싶다는 욕망을 위해 날씬한 몸매가 되도록 도와주고, 포토샵으로 살을 지우는 사람들. 지금의 내가 아닌, 가슴과 엉덩이만 튀어나온 마른 여성의 이미지가 이상적이라고 여기는 사람들. 사진 속에서 행복하게 웃고 있는 신부의 표정은 외면한 채 "왜 이렇게 뚱뚱하게 나왔어?"라며 '악의 없는' 말을 건네는 사람들. "뚱뚱한 여자는 긁지 않은 복권이다" 같은 말을 만들고 퍼트리는 사람들. 나는 그들을 탓하고 싶다. 여성의 삶에 조금도 필요하지 않은 짐과 억압을 더하는 제도, 관습, 담론, 언어 들을 탓하고 싶다.

내 트레이너도 조금은 탓하고 싶다. 그는 그런 의도가 아니었다고 말할 것이고, 그건 사실일 것이다. 그렇지만 결과적으로 그가 내게 했던 말을 다른 여성에게 한다면, 그 여성은 정말로 자기가 결혼을 앞두고도 다이어트를 안 해서 '큰일 났다'고 여기게 될지 모른다. 잘못된 관념도 주변 사람들이 당연하다는 듯 믿고 말하고 행동하면, 그로부터 자유로울 수 있는 사람은 얼마나 될까?

2부 헬스장이 여성의 몸을 다루는 방식에 맡기를 듣무

나는 트레이너에게 '웨딩드레스도 이미 맞췄고 결혼사진도 이미 찍었고 지금의 내 모습에 만족한다'라는 얘기를 여러 번 했다. 트레이너는 '그래도, 그래도' 하며 고개를 갸웃거렸다. 얘기하는 동안에도 시간은 흘렀고, 우리에게 닥친 중요한 과제는 오늘의 운동이었다. 그는 내가 식이조절로 다이어트를 하지 않을 사람이라는 걸 확인했기 때문에, 정 내가 '걱정'된다면 운동량에 집중하는 수밖에 없었다. 그건 내가 결혼을 하든 하지 않든 그의 일이었다. 어쨌든 나는 트레이너의 도움으로 돈 낸 만큼 또 하루 훌륭하고 효과적인 운동을 해냈다. 결혼을 하든 하지 않든.

앞으로 결혼식 당일에 인생 최대로 여위고 싶어 하는 또다른 여성이 트레이너를 찾을 수도 있다. 그의 입장에서 보면 '지금 그대로도 예쁜데 왜 다이어트를 하느냐'며 손님을 돌려보낼 수도 없는 노릇이다. 그러면 트레이너는 그 여성의 '최대한 건강을 해치지 않는 다이어트'를 도와야 할지도 모른다. 하지만 당장의 체중 감량이 그 여성에게 가장 중요한 과제가 아니라면? 마른 몸을 지향하지 않더라도 지금 그 여성이 원하는 힘과 근력과 기운을 단련할 수 있는 운동을 지도할 수 있지 않을까?

여윈 몸, 건강한 몸, 아름다운 몸은 전혀 다른 가치를 재현하는 몸이다. 그렇지만 한국 사회에서 이 세 가지 몸은 뒤섞여 있다. 심지어 이토록 전혀 다른 몸을 똑같은 기준으로 측정할 수 있다는 신화가 만연하다. 그 측정 기준은 헬스장에서 자주 만날 수 있다. 바로 BMI다.

BMI의 함정

트레이너가 종종 양말을 벗고 올라가게 하는 인바디의 측정 결과에는 BMI라는 것이 나온다. 다이어트에 조금이라도 관심을 갖고 있거나 자신이 비만일까 두려워하는 여성이라면 한 번쯤 들어봤을 단어다. BMI는 체질량지수(Body Mass Index)로, 정확히는 몸무게를 키의 제곱으로 나눈 수치다. 미국 질병관리본부(CDC)에 따르면 높은 BMI는 높은 체지방량을 의미할 수 있지만, 이것만으로 건강상태나 체지방량을 진단할 수 없다.

트레이너는 인바디 측정 결과에 나온 BMI를 바탕으로 내가 '과체중'이라고 말했다. 그러나 미국 CDC 홈페이지에 내 키와 몸무게를 넣고 계산하면 '정상'이라고 나온다. 이게 어떻게 된 일일까. 똑같은 키와 몸무게가 태평양을 건너면 정상이 되고 한반도에 있으면 과체중이라니.

이런 차이가 생긴 건 2000년부터다. 19년 전까지 내 체중은 한국에서 정상이었다! 당시 대한비만학회는 WHO(세계보건기구)가 아닌 WHO WPRO(세계보건기구 서태평양 지역 사무소)의 비만 진단 기준을 참고하여 한국 비만 진단 기준을 설정했다. 따라서 BMI 지표상 저체중, 정상 체중, 과체중, 비만 구간이 WHO가 정한 세계 비만 기준보다 낮을 수밖에 없다. 이러한 배경에는 인종적으로 아시아인은 체중이 적은 상태에서도 당뇨병 등 만성질환에 쉽게 노출된다는 이유가 깔려 있었다.

그러나 이 기준이 만들어질 당시 한국 국민의 인체 관련 자료가 불충분했다는 비판이 오늘날 제기되고 있다. 2004년 WHO 전문 고문(Expert Consultation)은 아시아인에 대한 적절한 체질량지수 수정을 권고하면서, 체질량지수 비만 기준은 인종별로 차이가 크지 않다고 발표했다. 당시 WHO는 작은 차이로 아시아 태평양지역만 비만 기준을 달리 적용하는 것은 적절치 않으므로 국제 비교를 위해 국제 기준을 사용하는

BMI 기준	WHO (1998)	WHO WPRO, 한국 (2000)	한국 (2018년)
18.5 미만	저체중	저체중	저체중
18.5 ~ 22.9	정상	정상	정상
23 ~ 24.9	정상	과체중	비만 전 단계
25 ~ 29.9	과체중	비만	1단계 비만
30 ~ 34.9	비만	고도비만	2단계 비만
35 ~ 39.9	비만	고도비만	3단계 비만
40 이상	고도비만	고도비만	3단계 비만

WHO, WHO WPRO, 한국의 비만 진단 기준 비교표

(출처: 2018, "보건복지부 국정감사 자료"의 표를 변형함)

것이 적절하다고 지적한 바 있다. 2014년, WHO WPRO는 해당 권고를 받아들여 아시아 태평양지역의 비만 기준을 국제 기준에 맞춰 수정했다. 같은 해, 일본 또한 일본인간도크학회와 건강보험조합연합회에서 '검진 판정 기준'을 개정했다. 남성의 BMI 정상 기준을 27.7로, 여성은 26.1로 수정하며 정상 범위를 넓혔다. 일본의 기준으로 본다면, 나는 정상 체중이 된다.

이쯤 되면 숫자 놀음이 지겹다는 생각이 들겠지만, 여기서 끝이 아니다. 한술 더 떠 '미용 체중'이라는 유령이 인터넷을 오랫동안 떠돌고 있다. "정상 체중이 곧 미용 체중은 아니

다!"라며 신장별 정상 체중과 미용 체중의 범위를 비교한 표인데, 대부분 10kg가량 차이가 난다. 예를 들어, 특정 키의 정상 체중이 58kg라면 미용 체중은 48kg라는 식이다. 몸무게가 정상이라고 안심하지 말라는 '경고'와 함께 옷을 입었을 때 가장 예뻐 보이는 체중을 알려주겠다는 것이다.

일고의 가치도 없는 엉터리 같은 소리다. 일단 '무게(weight)'와 '모양(shape)'은 완전히 다른 개념이다. 실제로 내가 58kg였을 때와 48kg였을 때를 비교해보면, 사이즈만 좀 줄었을 뿐 내 체형 자체는 비슷했다. 튀어나온 뱃살이 완전히 사라지는 일은 없었다. 건강상태로 말하자면 체중이 58kg일 때 훨씬 튼튼하고 활력 넘쳤다. 보기에도 더 탄탄했다.

BMI 자체가 비과학적이라는 비판도 많다. 몸무게만으로는 체지방과 근육 비율을 알 수 없다. 내장지방이 많은 '마른 비만'은 근육질인 운동선수보다 훨씬 가볍다. 근육과 지방의 밀도 차이 때문이다. 근육은 부피에 비해 무겁다. 지방은 무게에 비해 크다. 기름이 물보다 가볍다는 걸 생각해보면 금방 와닿는다. 근육이 늘고 지방이 줄어들면 체중은 오히려 증가할 수도 있다. 특정한 몸의 모양을 목표로 하는 다이어트를 하면서 체중계의 숫자만 쳐다보고 있는 건 어불성설이다.

"여자는 50kg가 넘으면 몬스터!"

여자라면 죽을 때까지 외모를 가꿔야 한다는 둥, 미용에 신경써야 한다는 둥, 외모에 관심이 없으면 여자도 아니라는 둥 끔찍한 얘기가 나도는 한국에 살며 이런 숫자들을 보면 일단 뜨끔하게 마련이다. 내 몸무게가 정상 체중 구간에 들지 못하면 내 몸이 비정상이 된 것 같아 조바심이 난다. 미용 체중 구간에 들지 못하면 속상하다. 내 몸이 못생겼다는 선고를 받은 것 같은 기분이 들기 때문이다.

대체 누가 '미용 체중' 따위를 만들었을까? 그 출처는 여전히 확실하지 않다. 아마 여자 몸무게라곤 48kg밖에 모르고, 여자라면 키가 170cm여도 60kg를 넘어서는 안 된다고 생각하는 밍청이일 게 분명하다. 근거 없는 음모론으로 빠져볼까? 이런 틀에 여성의 몸을 가둘수록 이익을 보는 다이어트·미용·패션 업계에서 만들어낸 것인지도 모른다.

실제로 한국 여성들의 몸은 '정상'과 '미용'을 앞세운 위협에 영향을 받으며 변해 왔다. 보건복지부 질병관리본부에서 실시한 국민건강영양조사 결과에 따르면, 2017년 한국 남성의 비만율은 41.6%로 나타났다. 2001년에 31.8%였으니 약 10%가량 상승한 것이다. 그러나 여성의 경우 2001년

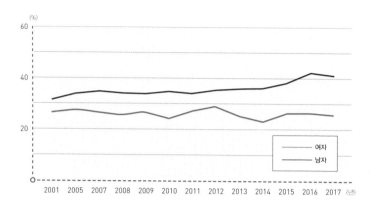

연도별 남녀 비만율(2001~2017)

(출처: 보건복지부 질병관리본부, 〈국민건강통계 - 국민영양조사 제7기 2차년도(2017)〉)

27.4%에 비해 2017년 25.6%로 하락했다. 여성의 비만율은
2001년부터 2017년까지 16년간 28% 이하의 수치를 기록했
다. 식생활이 서구화되고 이동 수단이 다양해진 오늘날에도
남성의 비만율과 달리 여성의 비만율은 비슷하거나 오히려
줄어든 것이다. 2017년 남성 비만율과 여성 비만율은 16%나
차이 난다. 무거운 여성의 몸을 죄악시하는 극단적인 다이어
트 강박 사회가 아니고서야 불가능한 일이다.

특히 젊은 여성의 몸이 가벼워지고 있다. 2017년 기준
남성의 연령별 비만율은 세대에 따라 뒤집어진 U자형 곡선
을 그리고 있다. 30대에 46.7%였다가 윗세대부터 그 수치가

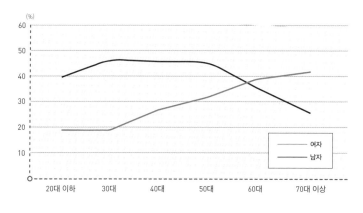

연령별 남녀 비만율(2017)

(출처: 보건복지부 질병관리본부, 〈국민건강통계 - 국민영양조사 제7기 2차년도(2017)〉)

점차 줄어든다. 반면 여성의 경우, 20대와 30대 모두 18.3%
다. 40대부터 그 수치가 서서히 늘어난다. 만 19세부터 29
세까지의 비만율만 봐도 큰 차이가 있다. 남성 39%, 여성
18.3%로, 남성이 여성의 두 배 이상이다.

이 비만율은 세계 표준과 일본에 비해 너무 '빡빡하게'
설정됐다고 비판받는, 바로 그 WHO WPRO의 비만 진단
기준으로 한 것이다! 세계 표준인 WHO의 기준을 적용했을
때 한국 20대 여성의 비만율은 한 자리 수에 근접할지도 모
른다.

나는 운동을 하면서 체중계에 올라가지 않는다. 그 숫자

는 내가 운동으로 얻고자 하는 것과 무관하다. 그 숫자는 나를 정의할 수 없고, 나의 아름다움에도 영향을 주지 않는다. 조금만 살이 쪄도 잘 맞는 여성복을 찾기 힘든 한국의 성차별적 의류 시장에도 불구하고, 나는 무거워지는 것이 두렵지 않다. 당장은 쉽지 않더라도, 점점 더 많은 여성이 '미용 체중' 같은 헛소리를 시원하게 무시할 수 있으면 좋겠다.

그들이 정한 '정상' 구간에 맞지 않는 나를 자랑스러워하자. 개인의 '정신 승리'를 위해서가 아니라, 여성의 몸이 위축되지 않는 더 나은 세상을 위해서. "한 여성이 자기 자신을 옹호할 때, 그는 사실 자신도 모르게, 어떤 주장도 펼치지 않으면서 모든 여성을 옹호하고 있는 것이다"★라는 마야 앤젤루의 말처럼.

★ 《여자다운 게 어딨어》(에머 오툴 지음, 박다솜 옮김, 창비, 2016)에서 재인용.

3부

가깝고도 먼 사이,
트레이너와 나

힘센 여자

성취주의적인 세상은 뭘 해도 목표를 요구한다. 운동을 한다고 하면 이런 질문을 많이 받는다.

"몇 kg 뺄 거야?"

"애플힙, 식스팩 만들려고?"

나에게 운동은 집안일과 같다. 집안일에는 거창한 목표가 없다. 나는 다이어트나 보디빌딩을 목표로 하지 않는다. 그저 일상을 좀 더 활력 있게 유지하고 싶어서 운동을 한다. 되도록 정돈된 집을 유지하려 애쓰는 사람처럼. 애석하게도 이런 경우, 집안일과 마찬가지로 운동 효과는 주로 운동 부족으로 증명된다.

매일매일 최소한의 집안일을 꾸준히 한다고 해서 인테리어가 돋보이는 효과를 얻는다거나 환경이 개선되지는 않는다. 단지 깔끔한 상태가 유지된다. 그러나 집안일을 잠시 멈추면 그 순간부터 주변이 지저분해진다. 운동도 마찬가지다. 이런저런 이유로 일주일 이상 운동을 못하면, 그제야 꾸준한 운동의 가치를 깨닫게 된다. 뒤집어 말해보면, 나처럼 큰 목표 없이 조금씩 지속적으로 운동을 한다고 해서 눈에 띌 만한 성취를 얻기는 힘들다. 애초에 그것이 목적이 아니기 때문이다.

그럼에도 눈에 보이는 성취가 딱 하나 있다. 중량이다. 예전에는 1kg짜리 아령을 들고 밀리터리프레스(똑바로 서서 양손에 아령을 들고 어깨와 팔 힘만으로 머리 위로 쭉 들어올렸다가 다시 내리는 동작)을 10회만 해도 괴성을 지르곤 했는데, 이젠 3kg로 1세트에 20회씩 3세트를 한다. 데드리프트(바닥에 내려놓은 바벨을 양손으로 잡고 팔을 쭉 편 채 하체 힘으로 일어섰다가 다시 내려놓는 동작)는 50kg, 레그프레스는 80kg까지 늘었다. 아마 혼자서는 이렇게 쑥쑥 발전하지 못했을 것이다. 트레이너가 옆에서 나를 지켜보면서 '지금 할 수 있는 최대한에서 딱 한 번 더' 밀어붙인 덕분에 꾸준히 중량과 횟수를 늘릴 수 있었디. 어차하면 트레이너가 도와줄 테니 안심하고 파격적인 중량에 도전하기도 했다. 혼자서는 다칠까봐 감히 시도하지 못했을 것이다.

처음 벤치프레스(벤치에 누운 채로 바벨을 가슴 높이에서 들어올렸다가 내리는 동작)를 했을 때였다. 50kg짜리 바벨을 8회 올렸다 내리자, 트레이너는 뿌듯한 표정으로 이렇게 말했다.

"보통 여자분이 50kg를 들면 공식적으로 주어지는 호칭이 있어요."

"뭔데요?"

"힘센 여자. 이제부터 회원님은 공식적으로 '힘센 여자'입니다."

PT를 하면서 가장 가슴 벅찬 순간이었다. '공신력'은 중요하지 않았다. 단 한 사람이 떠들고 다니는 주장이라 해도, 나는 이제 힘센 여자다. 추억의 RPG 마비노기를 지금껏 했더라면 캐릭터 이름 앞에 두고 싶을 칭호였다.

'여성은 힘이 없다'는 편견은 다른 편견들보다 훨씬 공고하다. 남성과 여성의 신체적인 차이가 든든한 뒷배다. 평균적으로는 분명히 남성이 여성보다 근육량과 폐활량이 우수해 운동 능력이 더 좋다. 수많은 운동생리학 연구로 밝혀진 결과다. 하지만 통계와 '정상성'을 혼동하기 시작할 때, 차이는 차별이 된다. '여성은 남성에 비해 상대적으로 힘이 없다'는 관찰 결과는 아주 쉽게 '힘이 없어야 정상적인 여성이다'로 일반화되고, 이는 곧 여성성에 대한 규정, 굴레, 제약으로 뒤바뀐다.

이런 현상이 가장 극명하게 드러나는 곳이 스포츠 세계다. 여성 운동선수들은 운동 능력이 '지나치게 뛰어나다'는 이유로 끊임없이 '성별 논란'에 휩싸인다. 한국 여자축구 국가대표 박은선 선수, 남아프리카공화국 국가대표 육상선수이자 2016년 올림픽 금메달리스트 캐스터 세메냐가 그렇다.

2013년, 서울시청 소속의 박은선 선수는 한국 여자실업축구 WK리그에서 열아홉 골을 넣으며 득점왕에 올랐다. 그런데 같은 해 11월 5일, 서울시청을 제외한 6개 팀 감독들이 간담회를 열고 한국여자축구연맹에 박은선 선수의 '성별 진단'을 요구했다. 만약 이러한 절차 없이 박 선수가 다음 해 경기에 출전할 경우, WK리그 자체를 보이콧하겠다고 나섰다. 그들은 두 가지 의혹을 제기했다. 외모가 남성 같다는 것과 실력이 '여자로서 출중하다'는 것.

2014년 2월, 국가인권위원회는 감독들의 요구를 인권

침해라고 규정했다. 그러나 그해 7월, 한국여자축구연맹은 이같은 행위가 성희롱이 아니라고 판단했다(다만 선수에게 무분별하게 성별 진단을 요구한 점은 잘못으로 인정해 감독들에게 '엄중 경고' 조처를 했다). 이후 박은선 선수는 러시아 여자프리미어리그 로시얀카 WFC로 이적했다(박 선수는 1년간의 로시얀카 WFC 생활을 마치고 돌아왔다. 현재는 국내 리그에서 맹활약 중이다).

국제육상경기연맹(IAAF)은 1950년 7월부터 여성 선수만을 대상으로 성별 테스트를 실시해왔다. 국제올림픽위원회(IOC)도 마찬가지다. 여성 종목에 남성이 출전하게 되면 불공평하게 승리할 가능성이 높다는 두려움 때문이었다. 힘이 세고, 빠르고, '남성적'인 외모의 여성들. 그들의 능력은 여성에게 부여되는 한계를 넘어섰다. 바로 이 때문에 여성이 아니라는 의혹과 맞서 싸워야 했다. '여성적' 굴레를 적당히 쓰고, 남성에게 크게 뒤떨어지는 운동 능력을 보여줘야만 '자연스럽게' 여성으로 '인정'된다.

성별 검사가 차별적일 뿐만 아니라 반인권적이라는 지적은 1960년대부터 꾸준히 제기됐다. 성별 검사에는 크게 외형 검사, 염색체 검사, 호르몬 검사가 있다. 외형 검사는 말 그대로 '모호한' 신체 부위를 여러 명의 의사가 육안으로 검사하는 것이다. 호르몬 검사는 남성 호르몬인 테스토스테론 수치가 일정 이상일 경우 '여성이라고 하기엔 곤란한 호르몬 수치'로 판단한다. 염색체 검사는 Y염색체가 발견될 경우 남성이라고 간주한다. 이런 검사에서 자신이 여성이라는 걸 증명하지 못한 선수들은 인공적으로 테스토스테론 수치를 낮추거나, 외성기를 제거해야만 여성 종목에 출전할 수 있다.

이 세 가지 검사는 모두 사생활을 침해하고 수치심을 줄뿐더러 과학적이지 않다는 비판을 받았다. 분명 여성적 특징과 남성적 특징 그 사이에 존재하는 사람들이 있음에도, 이들을 '신체 능력이 좋다'는 이유로 남성이라고 규정하기 때문이다. 여성이지만 타고난 테스토스테론 수치가 높은 사람, 여성이지만 외성기를 갖고 태어난 사람, '여성적'인 외모와 Y염색체를 함께 가진 사람까지 말이다.

캐스터 세메냐도 그중 하나다. 세메냐는 2009년 세계육상선수권 여자 800m 결승에서 우승한 이후부터 10년간 성별 의혹에 시달렸다. 2009년 당시 성별 검사를 받았고, 이 결과는 전부 공개되지 않았지만, 〈가디언The Guardian〉지를 비롯한 언론에 남녀의 신체적 특징을 모두 가지고 있는 '간성(intersex)'이라고 보도됐다. 1980년대 스페인 국가대표 허들

선수 마리아 파티노 또한 희귀 유전증후군 때문에 여성임에도 Y염색체를 보유했다. 파티노는 성별 검사를 통과하지 못해 선수 자격과 메달을 박탈당하고 본인은 물론 가족의 사생활까지 낱낱이 공개되었다.

여성 선수들은 적극 저항해왔다. 파티노는 국제육상경기연맹의 성별 검사에 이의를 제기했고, 자신의 신체적 특징이 호르몬이나 근육에 영향을 주지 않음을 어렵게 증명한 뒤에야 경기에 참가할 수 있었다. 얼마 뒤 의무적 성별 검사가 폐지되었으며, 국제올림픽위원회 운영진과 의료진, 각국 대표팀이 충분한 증거와 이유를 제시할 때에만 검사를 진행하기로 결정했다.

2015년에는 인도 육상선수 두티 찬드가 타고난 테스토스테론 수치가 높을 경우에도 이를 낮춰야만 경기에 나갈 수 있다는 국제육상연맹 규정을 스포츠중재재판소(CAS)에 제소했다. 법원은 찬드의 손을 들어주었고, 국제육상연맹에게 2년 안에 테스토스테론과 경기 능력의 상관관계를 증명하라고 요구했다. 이를 증명하지 못하면, 호르몬에 근거한 성별 테스트는 지속될 수 없다.

그러나 2018년 4월, 국제육상연맹은 스포츠중재재판소가 요구했던 자료에 '과학적인 근거'를 덧붙여, 테스토스테론 수치가 높은 선수들에 대한 새로운 규제를 발표했다. 이 선수들은 테스토스테론 수치를 5nmol/L(혈액 1L당 10나노몰)로 낮추는 주사를 맞지 않으면 경기에 참가할 수 없다는 것이었다. 국제육상연맹이 밝힌 과학적 근거는 이렇다. "대부분의 여성은 테스토스테론 수치가 낮은(0.12~1.79nmol/L) 데 반해 사춘기 이후 남성의 테스토스테론 수치는 훨씬 높다(7.7~29.4nmol/L)"라는 것.

　이러한 국제육상연맹의 새 규정은 2019년 5월 8일부터 400m, 800m, 1500m에만 적용됐다. 모두 세메냐가 출전하는 종목이다. 세메냐와 남아프리카공화국 육상연맹은 이 규정을 중단해달라고 청원했지만, 2019년 5월 1일 스포츠중재재판소는 기각했다. 이 규제가 차별적이라고 인정했음에도 필요하다고 결정한 것이다.

　여성과 남성은 언제나 생물학적으로 정확하게 나눠지는 범주라 할 수 없다. 그 때문에 남성과 여성이라는 이분법을 전제로 한 성별 검사들이 계속해서 실패하는 것이다. 오히려 여성을 이렇게 정의하는 게 더 정확하지 않을까? 신체 능력이 뛰어나다는 이유로 끊임없이 성별 검사를 요구당하는 사

2015년 경찰청이 제작, 공개한 올바른 범죄 신고문화 정착을 위한 포스터(사진 경찰청 제공)

람이라고.

　올림픽 선수들만큼은 아니지만, 일상생활에서도 힘센 여자는 여자가 아니라는 편견이 넘쳐난다. 2015년 11월 2일, '112의 날'을 맞아 공개된 경찰청 포스터는 이런 편견이 어떻게 여성의 직업과 커리어를 제한하는지 잘 보여준다. 긴급 범죄신고는 112라며 남성이 팔근육을 자랑하고, 기타 신고와 상담은 182라며 여성이 웃고 있다. 어떤 다른 설명도 없다. 성별만으로도 충분하다. 여성은 힘이 필요하지 않은 일만 할 것이다. 힘이 필요한 일은 모두 남성에게 맡겨질 것이다.

결국 힘센 여자가 된다는 건 기존 여성성의 굴레에서 벗어나는 일이다. 일부 남성들은 이를 남성성에 대한 위협으로 받아들인다. 알고 보니 내 트레이너도 꼭 긍정적인 의미로만 '힘센 여자' 호칭을 부여한 건 아니었다. 어느 날 나는 다소 허황된 꿈을 그에게 털어놓았다.

"꾸준히 운동해서 나중엔 100kg도 들고 싶어요."

"헉, 그렇게 많이 들 필요까지야······. 그러다가 남자친구도 번쩍번쩍 드는 거 아니에요?"

"완전 좋은데요. 상상만 해도 멋진걸요."

"남자친구가 무서워하지 않을까요?"

"왜요? 로맨틱한데."

트레이너는 당황스러운 웃음을 흘리며 대화를 얼버무렸다. 글쎄, 남자가 여자를 번쩍 드는 장면은 식상한 로맨스의 정석 아닌가? 내가 여자고 상대가 남자라는 이유로 장르가 '공포'로 바뀐다니. 결국 여성성을 '나약함'에 묶어둬야 남성의 '강인함'이 안전하게 유지된다는 의미다. 그러거나 말거나, 힘센 여자는 남성을 위해 자신의 능력을 감출 생각이 없다. 그저 매일 자기 자신의 한계를 조금씩 조금씩 밀어서 진전시킬 것이다.

레깅스는 죄가 없다

어느 여름날, 한참 연상인 선배가 느닷없이 요즘 즐거운 일이 뭐냐고 물었다. 난 1초도 망설이지 않았다.

"운동이요! 저 요즘 PT 다녀요."

"그래? PT 비싸지 않아? 얼마 정도 해?"

"1시간에 5만 원이요. 비싸요. 저 PT 푸어예요."

"와, 생각보다 비싸네."

"여성 전용 헬스장이라 더 비싼 것 같기도 해요."

"헬스장이 여성 전용이라구?"

선배가 신기한 얘기를 들었다는 듯이 가볍게 웃었다.

하지만 나는 웃지 못했다. 당장 머릿속에 떠오른 건 가

수 박진영의 〈어머님이 누구니〉 뮤직비디오다. 중년의 남자가 젊은 여자를 빤히 훑어보다가 다짜고짜 신체 사이즈를 묻는다. 여자는 존댓말로 대답한다. 그 배경은 헬스장. 대중매체 속 헬스장은 운동하는 여성들을 '눈요깃거리' 취급하는 게 자연스러운 공간처럼 그려진다. 지하철을 배경으로 비슷한 광경을 재현한 뮤직비디오는 본 적이 없다. 만약 있다고 해도 남자가 치한이라는 맥락 외로는 읽히지 않으리라 장담한다. 어쨌든 이것이 뮤직비디오에서 끝나는 얘기라면 얼마나 좋을까.

그러나 여성이 헬스장에서 마주치는 불쾌한 경험은 대중매체에서 끝나지 않는다. 운동만을 위한 공간에서조차 여성의 몸은 운동하는 몸이 아니다. 남성의 '시선 권력'은 순식간에 여성의 몸을 주체에서 객체로, 운동'하는' 몸에서 성애화'되는' 몸으로 바꾼다. 이건 여성의 의지와 전혀 상관없이 매 순간 일어난다.

예를 들어보면 간단하다. 내가 예전에 다녔던 남녀 공용 헬스장에서는 회원들에게 운동복을 제공했다. 찜질방에서 주는 옷처럼 헐렁하고 품이 큰 '무성적인' 옷이었다. 주민센터가 운영하는 헬스장을 다녔을 때도 여성들의 옷차림은 비슷했다. 반팔 박스티에 헐렁한 트레이닝바지.

그때는 '민망하지 않은 옷'을 고르는 게 중요했다. 운동을 할 때 다양한 자세를 취하게 되는데, 그 어떤 자세에서도 '민망'하지 않으려면 나의 '여성적인 몸'을 최대한 감춰야 했다. 목이 너무 파이면 데드리프트를 할 때 가슴골이 보이겠지. 다리를 움직이기 편하도록 사타구니가 올라붙은 옷을 입으면 'Y라인'이 눈에 띄겠지. 반바지를 입으면 속옷이 보이겠지. 윗옷이 딱 붙거나 펄럭이면 배와 허리의 맨살이 드러나겠지. 나는 순식간에 성적 대상으로 평가되겠지.

이건 망상이 아니다. 나는 남성들이 여성 연예인이나 트레이너가 운동하는 영상을 1초 단위로 캡처하고, 성기나 가슴, 엉덩이 부분을 확대해서 돌려 보는 일이 흔하다는 것을 알고 경악한 적이 있다. 적지 않은 이들이 여성 전문가가 운동 자세를 알려주는 영상을 포르노로 소비한다. 시원한 민소매 옷, 몸에 착 달라붙어 움직이기 좋은 옷, 기능적으로 우수한 옷은 남성의 시선 권력에 의해 '섹시한 옷'이 된다.

지금도 수많은 여성이 헬스장에서 원치 않은 시선으로 불쾌한 경험을 한다. 친구 A는 한때 열심히 PT를 받았다. 운동은 만족스러웠다. 어느 날 트레이너와 일대일 수업이 끝나고 혼자서 스쿼트를 하고 있는데, 이상한 시선이 감지됐다. 한 중년 남성이 A의 뒷모습을 빤히 쳐다보고 있었다(참고로 스쿼트는 엉덩이를 뒤로 쭉 빼는 운동이다). 거울을 통해 이를 확인한 A는 진저리를 치며 자리를 옮겨서 다시 운동을 했다. 얼마 지나지 않아 그 남성은 A를 따라왔다. 그는 또다시 A의 뒷모습이 보이는 위치에 있는 운동기구에 앉았다. A는 당장 PT를 그만뒀고 다시는 그 헬스장에 가지 않았다.

어떤 여성도 이런 일이 자신에게 일어나지 않을 거라고 장담할 수 없다. 남성의 시선이 권력인 이유는 이렇게도 쉽게 여성을 대상화할 수 있기 때문이다. 여성이 이 폭력적인 시선에 저항하기는 쉽지 않다. '불편해하는 내가 예민한 걸까' 자책이나 하지 않으면 다행이다.

여성 전용 헬스장은 딴판이다. 많은 여성이 운동용 레깅스와 스포츠용 민소매 브라탑을 입는다. 물론 헐렁한 옷을 입는 사람들도 있다. 중요한 건 다양성이다. 스포츠 브라에 얇은 오프숄더 티셔츠만 걸친 사람, 헐렁한 반바지를 입은 사람, 딱히 운동용이 아니어도 적당히 움직이기 편한 옷을 입은 사람. 나 또한 운동하러 갈 때 옷을 고르는 기준이 이전보다 훨씬 단순해졌다. '운동하기 편한 옷'. 남성의 시선은 아예 고려 대상이 아니다. 두렵지 않기 때문이다.

선배에게 친구나 내 경험을 들어 여성 전용 헬스장의 장점을 강조했다. 선배는 경청해주었지만 여전히 가벼운 태도로 덧붙였다.

"그런데 솔직히 나 같은 아줌마도 젊고 몸 좋은 남자가 운동하면 쳐다볼 거 같긴 해."

나는 진지한 표정으로 대답했다.

"그 젊은 남자가 중년 여성의 시선을 느낄 때, 저나 제 친구들이 중년 남성의 시선에서 받는 위협을 느낄까요?"

비로소 선배의 얼굴에서 웃음기가 사라졌다. 선배는 더없이 진지하게 대답했다.

"그래, 네 말이 맞다."

사실 우리 모두 어렴풋이 알고 있다. 여성들이 얼마나 기울어진 세상에서 살고 있는지. 헬스장 같은 곳에서는 이런 성별의 권력 차이가 노골적으로 드러난다. 도저히 모른 척할 수 없을 만큼. 여성 전용 헬스장 없이도 여성이 마음 편히 운동할 수 있는 세상이 올까?

우리 운동 얘기만 해요, 제발

"오늘 날씨 좋죠?"

"식사는 하셨고요?"

"고양이 좋아하세요?"

'스몰 토크(Small Talk)'. 만나서 인사하고 떠드는 익숙한 관용구들, 별생각 없이 나누는 의미 없는 말들. 무해하지만 무의미한 말을 적당히 다정하게 주고받는 것.

한국에서 스몰 토크를 나누는 대상으로는 길 가다 우연히 만난 지인, 직장 동료 정도가 떠오른다. 서비스업 종사자와의 스몰 토크는 흔치 않다. 미용실 정도가 예외일까. 기자로 일할 때 회사 명의로 〈뉴욕타임스The New York Times〉 온라인 홈페이지의 회원가입을 처리하기 위해 사무적인 전화 통화를 한 적이 있다. 전화를 받은 고객센터 담당자는 내 요청을 처리하기 위해 잠시 기다려달라고 했다. 그러더니 그가 "서울은 날씨가 어때요?"라고 물었다. 당황스러웠다. 그런 대화를 나눌 거라고 생각해본 적이 없었기 때문이다. 게다가 나는 개인적으로는 스몰 토크보다 '시민적 무관심'을 선호하기에 한국이 살기 편하다고 느껴왔다.

그러나 끊임없이 스몰 토크를 시도하는 서비스업 종사자가 있으니, 바로 PT 트레이너이다. 이들은 어색한 침묵을 깨야 한다는 강박이라도 가진 것마냥 운동과 운동 사이에 끊임없이 말을 건다. 그냥 숨 좀 고르면서 쉬게 내버려두면 얼마나 좋을까?

트레이너와 나누는 대화가 스몰 토크에 해당하는 이유는 나도 그도 그 내용에 관심이 없기 때문이다. 둘 다 서로의 답변에 귀 기울이지 않는다는 뜻이다. 내 대답을 잘라먹고 "자, 이제 시간 됐습니다. 다시 1세트!" 할 거면 애초에 말 안 걸고 고요하게 쉬면 안 되는 걸까?

대화 내용이 즐겁지는 못해도 불쾌하지만 않다면 말을

않겠다. 안타깝게도 무해한 스몰 토크 기술을 가진 트레이너는 많지 않다. 사실 우리 사회에서 스몰 토크가 가능한 사람이 얼마나 되는지도 의문이다. '친근함을 표현'하다가 성희롱이나 안 하면 다행이다. 2016년 10월, 서울대 안에서 만난 낯선 외국인 여성에게 다짜고짜 영어 단어의 철자를 물어보고, 이후에도 영어를 가르쳐줄 것을 요구하며 화를 냈던 남성 역시 뻔뻔하게도 자신은 '스몰 토크'를 시도했다고 주장했다(피해 여성은 영문 온라인 미디어 〈코리아 엑스포제KOREA EXPOSÉ〉에 해당 사건을 직접 기고했다).

내가 만난 트레이너들의 레퍼토리는 대강 이렇다.

"오늘 컨디션은 어때요?"

보통 수업 시작할 때 고정 대사다. 내가 컨디션이 나쁘다면 운동 내용이 달라지기 때문이다. 이 질문에는 한 번도 불쾌해본 적이 없다.

"주말에 뭐 하셨어요?"

그리고 반드시 뭐 먹었냐고 물어본다. 식단에 대한 이 강박. 대부분은 내게 잔소리를 하려고 꺼낸 질문이다. 48시간도 더 전에 뭘 먹었는지에 따라 운동 내용이 달라지진 않는다. 나는 살을 뺄 생각이 없다. 많이 먹었다고 많이 운동할 이유도 당연히 없고.

"오늘 아침에는 뭐 드셨어요?"

난 다이어트 안 한다고 분명히 말했는데…….

이렇게 대화를 여는 질문들은 언뜻 들으면 무해한 것 같다. 하지만 트레이너들이 지향하는 '여성의 이상적인 몸', '여성 회원을 도와야 하는 방향(=다이어트)'이 확고하고 뚜렷한 탓에 대화의 끝은 무례해진다. 그들은 내가 무엇을 먹었는지 캐묻고 단속하려 들거나, 음주 여부를 물어보곤 한다. 물론 애초에 트레이너에게 그런 일상적인 부분을 '단속'해달라고 '부탁'하는 회원들도 있을 것이다. 문제는 그런 걸 원하지 않는 내가 오히려 이상한 사람으로 보인다는 거다.

말이 아니라 행동에 빗대 설명해보면 이렇다. PT를 받다 보면 당연히 트레이너가 내 몸에 손을 대야 하는 일이 생긴다. 그럴 때 "회원님, 잠깐 제가 잡아도 될까요?" 하고 물어보는 트레이너와, 그런 거 없이 자기가 원할 때마다 내 신체를 붙들거나 만지고 꾹꾹 누르는 트레이너 중 누가 더 예의 바른지는 말할 필요도 없으리라.

스몰 토크도 마찬가지다. 나는 단 한 번도 내 컨디션을 체크하는 트레이너의 질문을 무례하다고 느낀 적이 없다. 그

건 초반에 내가 무릎이나 허리가 안 좋으면 그가 그것을 고려해서 운동을 지도하겠다고 밝혔기 때문이다. 하지만 내가 식단 조절에 뜻이 없고 체중 감량을 원하지 않는다고 수차례 얘기했는데도 뭘 먹었는지 자꾸 물어보는 건 만지지 말라고 한 신체 부위를 계속 건드리는 것만큼 불쾌했다. 내가 말하고 싶은 건 오로지 '운동'이라는 목적만으로 만난 트레이너와 나 사이의 예의와 거리감이다. 많은 트레이너가 쓸데없는(?) 오지랖으로 내가 원치 않은 부분까지 선을 넘는다.

트레이너와 내가 일상을 공유해야 할 이유는 어디에도 없다. 내가 주말에 누구를 만났는지, 어디에 갔는지, 요즘 무슨 생각을 하는지, 사귀는 사람이 있는지, 그가 이성인지 동성인지 등등. 운동과 무관한 정보는 전혀 알리고 싶지 않다. 그런데 내가 만난 트레이너들은 지극히 개인적인 질문들을 던졌고, 내가 대답을 얼버무리려고 하면 해맑은 얼굴로 계속 물었다. 심지어 이런 적도 있다.

"회원님, 오늘은 끝나고 운동 더 하세요."

"그러고 싶은데 약속이 있어요."

"무슨 약속? 남자친구 만나요?"

내 트레이너는 포기를 모른다. 자꾸 캐묻는다. 당신이랑

무슨 상관이 있냐고 쏘아붙일 수도 있었지만 친절해지기로 했다(이런 결심은 자주 후회를 부른다). 어차피 운동하려면 계속 얼굴 봐야 하는 사이인데, 굳이 깐깐한 사람으로 낙인찍히고 싶지 않았다.

"아니요. 저 병원 가야 해요."

사람 간의 예의를 중시하는 성인이라면 최소한 여기쯤에서 대화를 끝내야 한다. 게다가 분명 운동 내용에 반영하기 위해 한 질문은 아니었다. 운동을 시작하기 전이 아니라, 이미 그날 치 운동을 다 하고 집에 가기 전에 한 대화였기 때문이다. 만약 내 운동에 영향을 주는 질환, 예를 들면 디스크나 관절염이 있는지 궁금했다면 반드시 운동 전에 질문했어야 한다.

"무슨 병원이요? 어디 아프세요?"

그럼에도 꼭 이렇게 한 번 더 묻는 사람들이 있다. 나는 산부인과에 검진을 받으러 갈 예정이었지만, 내 대답에 당황할 트레이너의 표정이 눈앞에 떠오르자 입이 떨어지지 않았다. 결국 거짓말을 택했다.

"치과요."

스몰 토크에서 한발 더 나아가보자. PT를 받는 여성에게 어김없이 '플러팅(flirting)'을 시도하는 트레이너들도 분명 있다. 스몰 토크의 내용이 '추파'에 가까워지는 것이다. 운동하러 헬스장을 찾았다가 트레이너의 플러팅을 경험한 젊은 여성이 내 주변에만 유독 많은 걸까? 누가 그와 관련하여 객관적인 통계라도 내주면 좋겠다. 내 주변의 경험자 A는 "차라리 잘하기나 하면 즐기기라도 하겠다"라며 한숨을 쉬었다. B는 "트레이너의 플러팅이 즐거운 사람보다 불쾌한 사람이 더 많을 것 같다"고 말했다. C는 "PT 특성상 그러다가 몸을 만지는 걸로 이어질 수 있다는 게 더 기분 나쁘다"라고 지적했다.

나는 두 가지 점에서 불쾌하다. 아무 정보 없이 나를 이성애자로 전제하는 것과 아무 정보 없이 내가 자신의 플러팅을 좋아할 거라고 전제하는 것. 두 가지 대전제의 공통된 유일한 근거는 내가 '여성'이라는 점이다. "여자는 남자가 추파를 던지면 좋아해. 전문 트레이너처럼 몸이 좋으면 말할 것도 없지." 이게 바로 일반화고 대상화다. 소비자 개개인의 특성에 대한 무지를 여성에 대한 몰이해로 덮어버린다. 퀴어는 완전히 삭제됐다. 게다가 남성으로서 과도한 자신감이 묻어 있어 견디기 힘들다.

이 밖에도 내가 기자라는 이유로 시사적인 내용 또는 그들이 시사적이라고 생각하는 내용(연예인 성추문이 대부분이다) 을 물어보다가 제풀에 화를 내며 욕설을 퍼붓는다든지, 일과 연관된 화제를 자꾸 꺼내서 운동에 집중하지 못하게 만드는 경우도 있었다. 스몰 토크의 총체적 실패다.

운동할 때 정확한 자세와 각도, 무게를 강조하는 만큼 대화에도 신경을 써주길 바라는 건 너무 큰 욕심일까? 차라리 입을 다물고 운동만 해도 좋겠다. 불쾌한 대화에 응해야 하는 헬스장보다 차라리 침묵의 헬스장이 더 낫다.

트레이너가 내 '도가니'를 구원해준 날

'국민이 정치에 피로를 느낀다.'

이 말은 상투적 표현인 줄만 알았다. 정치가 정말 내 신체에 꽤나 장기적인 피로를 투척하는 날이 오다니. 2016년 12월, 박근혜 대통령의 즉각 퇴진을 요구하며 100만 명이 넘는 사람들이 토요일마다 광화문에 모여 촛불을 들었다. 나는 매주 금요일 늦은 밤까지 마감을 하고, 토요일마다 촛불집회에 나온 사람들을 취재하러 다녔다.

집회에 참가하는 것과 집회를 취재하는 것은 꽤 다른 일이다. 경찰이 '토끼몰이'식으로 집회 참가자들을 진압하지 않는 한, 시위대는 교통이 통제된 거리를 따라 걷거나, 한곳에

멈춰 서서 구호를 외친다. 하지만 기자들은 취재할 만한 풍경을 쫓아, 인터뷰할 만한 사람들을 찾아 바쁘게 뛰어다녀야 한다. 그해 겨울의 종로와 광화문은 기자 인생에 다시 없을 거대한 현장이었다. 무엇 하나 놓칠 수 없었다.

마침 페이스북 중심으로 '라이브' 서비스가 도입되기 시작했다. 회사에서 사 준 카메라 거치대에 스마트폰을 장착하고 회사 페이스북 계정에서 라이브 버튼을 눌렀다. 동기 기자와 함께 거대한 시위대의 최전선을 향해 갔다. 청와대 100m 앞 경찰들이 모여 있는 곳까지 몇 시간을 걸었다. 거의 매주 토요일마다 그랬다. 내 관절은 한계를 호소하기 시작했다.

처음에는 버틸 만했다. 나뿐 아니라 12시간 가까이 아스팔트 도로를 뛰어다니는 동료들이 있기에 웬만해선 징징거리고 싶지 않았다. 그런데 오른쪽 무릎이 이상했다. 계단을 오르내릴 때마다 날카로운 통증이 느껴졌다. 무릎을 굽혔다 펴면 뚝, 뚝 하고 소리가 났다. 잠시만 서 있어도 아파서 앉을 곳을 찾느라 두리번거렸다. 참으면 참을 수 있는 일상적 통증이지만, 주말마다 광화문에 가야 했기에 걱정이 앞섰다. 당시 광화문 촛불집회에서는 '장수풍뎅이 연구회', '화분안죽이기 실천시민연합' 등 재치 넘치고 이색적인 깃발이 유행했는데,

나와 동기들은 다음 집회에 '도가니붕괴연합' 깃발이라도 가져가야 할 처지였다.

이럴 때 PT를 받으러 가면 최대한 엄살을 부리는 게 좋다. 괜히 무리해서 운동했다가 악화되면 돈 내고 병을 얻어오는 셈이다. 그래서 언제나처럼 만나자마자 내 건강상태를 체크하는 트레이너에게 아픔을 호소했다.

"몇 주째 광화문에 나갔더니 무릎이 너무 아파요."

"이런, 오늘 오랜만에 하체 운동을 빡세게 하려고 했는데."

트레이너는 실망한 기색이 역력했다.

"혹시 하체 운동 하기 싫어서 그런 건 아니죠?"

"아니에요. 진짜 아프다니까요."

"한 번 엎드려보세요."

트레이너가 매트를 깔았다. 마사지를 해주겠다고 했다. 무릎 바로 위 허벅지 부분을 주물러주는데, 지옥이 보였다.

"회원님처럼 아파하는 사람 처음 봤어요. 너무 오래 서 있으면 무릎 주변 근육이 수축 상태에 익숙해져서 짧아져요. 근육 사이 공간이 줄어들어서 마찰이 생기면 이렇게 아픈 거예요."

솔직히 무슨 말인지 반밖에 못 알아들었기 때문에 내가 틀린 정보를 기억하는 건 아닌지 확신이 없다. 나중에 관절의 '운동성(mobility)'에 대한 정보를 인터넷으로 찾아보고서야 그의 말을 이해할 수 있었다.

무릎에는 관절이 부드럽게 움직일 수 있도록 윤활 작용을 하는 '활액'이 들어 있다. 오랫동안 서 있으면 관절 주변의 근육이 수축한 상태로 뻣뻣해지고, 관절들이 가까워지면서 그 사이의 활액이 빠져나간다. 윤활유 기능을 하는 활액이 부족해지니 관절 움직임은 점점 더 제한되고 통증이 심해진다.

트레이너가 무릎 양옆을 눌렀다. 내가 너무 아파하니까 동그랗고 길쭉한 폼롤러로 마사지 겸 운동을 시켰다. 앉은 자세로 다리를 쭉 펴고 오른쪽 발목을 왼쪽 발목 위에 올렸다. 상체를 양팔로 지탱한 채 허벅지 아래에 폼롤러를 깔고 종아리까지 굴렸다. 이걸 10회 반복한 뒤, 가장 아픈 부위에서 10초간 멈췄다. 그다음에는 왼쪽 발목을 위로 한 후 반복했다.

하체 운동이 끝나자 어깨, 등, 복부 운동을 시켰다. 마지막으로 트레이너가 나를 운동기구에 앉혔다. 그가 들고 온 것은 골프공이었다. 그걸로 내 무릎을 한 번 더 고문…… 아니, 마사지를 했다.

신기하게도 다음 날 바로 효과가 있었다. 계단을 오르내려도, 무릎을 굽혔다가 펴도 아프지 않았다. '뚜둑'거리는 소리도 나지 않았다. 어쨌든 엘리베이터나 지하철을 기다리는 시간 정도는 서 있는 게 가능했다. 트레이너가 가르쳐준 마사지를 꾸준히 한 덕분에 주말 촛불집회에 취재를 나갈 수 있었다.

이런 때야말로 전문가에게 일대일로 관리받는 게 높은 가격만큼의 가치가 있다. 예전에도 겨드랑이와 어깨 사이의 근육이 아픈 적이 있었다. 병원에 가면 대게 근육이완제 처방과 함께 '적당한 운동과 스트레칭'을 하라고 조언한다. 그러나 그 운동과 스트레칭에 대해서는 자세하게 알려주지 않는다.

반면, 전문성을 갖춘 트레이너는 다르다. 정확히 어디에 어떤 문제가 생겼는지, 통증을 완화할 수 있는 동작이 무엇인지 알려준다. 도움이 되는 적당한 강도의 운동도 지도해준다. 그러나 헬스장을 다녀볼까 고민하는 사람들 대부분은 트레이너의 전문성을 신뢰하지 못하는 경우가 많다. 그들이 너무 의심이 많은 걸까?

알바천국, 알바몬 같은 구인·구직 관련 사이트에 헬스장 트레이너를 구하는 구인광고를 살펴보면, 특별한 자격을 요구하지 않는 경우가 많다. 대학에서 체육학을 전공하거나 스포츠 관련 학과를 졸업한 사람과 그렇지 않은 사람 간에 월급 차이가 없다. 관련 자격증은 대부분 사설에서 취득한다. 취재를 위해 만난 한 트레이너에 따르면, 보통 헬스장에는 트레이너의 경력이나 자격을 소개하는 포스터 등을 전시해두는데 이를 허위로 작성하는 경우도 있다고 한다. 누가 일일이 확인하는 것도 아니고, 회원들도 그닥 관심을 갖지 않기 때문이다.

또 다른 트레이너는, 수도권 곳곳에 지점을 둔 헬스장에 근무한 경험이 있는데, 그곳에서는 입사한 지 3개월까지는 월 60만 원을 받고 '수습 교육'에 들어간다고 했다. 그동안 기본적인 운동에 대한 지식을 배우고 잡일을 한다. 체육학과에서 4년간 전공 공부를 했든, 관련 지식이 없든 똑같다. 60만 원을 받고 버틸 수 있는 사람은 트레이너가 된다. 버틸 수 없는 사람은 다른 곳을 알아봐야 한다. 전문성이 살아남을 수 있는 구조라 할 수 없다.

물론 전문성을 중시하는 체계를 갖춘 헬스장도 분명 있다. 문제는 소비자 입장에서 그걸 구별해낼 수단이 없다는 것이다. 그러다 보니 헬스 트레이너는 몸에 대한 전문 지식 없이도 아무나 할 수 있다는 편견이 만연하다.

실제로 그런 식으로 일하는 트레이너들도 일부 존재한다. 몇 주 만에 몇 킬로를 빼주겠다고 호언장담하거나, '동기부여'한답시고 외모를 모욕하거나, 실패한 '플러팅' 같은 것밖에 제공할 게 없는 경우다. 그러나 헬스장에서 할 수 있는 근력운동은 과격하게 하면 오히려 관절에 무리가 간다. 단기간에 무리한 운동은 무리한 식이만큼 건강에 나쁘다.

전문성을 갖춘 트레이너조차 이런 자극적인 수단을 이용할 수밖에 없는 구조적인 문제도 있다. 헬스장 대부분이 트레이너에 대한 처우가 열악한 데다 트레이너가 담당하는 회원 수에 따라 성과급 또는 '커미션'을 지급하기 때문이다. 트레이너 개인에게 공격적인 영업이 강제되는 구조다.

나 같은 서민도 받을 수 있을 만큼 PT가 대중화된 것은 헬스장과 트레이너의 공급이 늘어난 영향이 클 것이다. 그렇다고 해도 트레이너가 지금보다는 더 '전문 직업'으로 자리 잡았으면 좋겠다. 소비자를 위해서도, 노동자를 위해서도.

4부

여성의, 여성에 의한, 여성을 위한 헬스장

운동하는 '여성'을 위한 트레이너

PT란 한국말로 하면 '개인화'된 트레이닝이다. 운동은 그만큼 개인적인 일이다. 내 경우 꾸준히 한 덕에 운동은 일상의 일부가 되었다. 내 일상이 운동의 영향을 받는 만큼 운동도 내 일상의 영향을 받는다. 가령 내가 무릎이 나갈 정도로 거리를 쏘다니며 취재를 했다면, 헬스장에 가서 하체 운동을 할 수는 없다. 감기 기운도 운동 능력에 영향을 끼친다(물론 꾸준히 운동하면 감기 없는 1년을 보낼 수 있다). 그리고 규칙적인 몸의 변화도 고려해야 한다. 바로 한 달에 최소 3일은 하는 생리.

여성의 몸은 생리에 많은 영향을 받는다. 특히 생리 전증후군(PMS)이 심한 사람들은 생리를 시작하기 1~2주 전부터 호르몬 변화로 달고 기름지고 짜고 매운 것을 먹고 싶어 하거나 우울감을 느끼기도 한다. 두통이나 요통, 생리통이 심한 사람은 말할 것도 없다.

많은 여성이 생리 기간을 전후해 한 달에 최소 일주일 동안 육체적, 심리적으로 힘들어한다. DNA에 깊게 새겨진 작심삼일 본능을 꾹꾹 참고 바쁜 직장 생활과 '야근 러시' 속에 어렵게 시간을 내서 운동하던 중에 그 흐름이 뚝 끊기고 마는 것이다. 겪어본 사람들은 이게 얼마나 짜증나는지 공감할 거다.

여성이 생리를 한다는 건 세상 사람들이 다 안다. 나는 20대 여성이니 별다른 일이 없으면 생리를 하는 게 정상적인 상태다. 그러면 나의 '개인' 트레이너는 내 생리 주기에 따라 생리 전 배란 기간, 생리 기간, 생리 후 기간을 고려하여 효과적인 운동 방법을 안내해야 한다. 생리가 운동을 '방해'하는 '예외적인' 상황으로 취급받아서는 안 된다.

그러나 어떤 트레이너도 내 생리 주기를 궁금해하지 않았다. 여성 고객을 위해서 생리 기간에 대해 터놓고 얘기하며, 호르몬 변화 주기에 맞춰 운동을 설계할 수 있는 '남자'

트레이니는 과연 몇 명이나 될까?

나는 내 트레이너가 꽤나 유능한 사람이라고 믿었다, 이런 대화를 나누기 전까지는. 시작은 평범했다. 그날도 어김없이 익숙한 질문과 함께 수업이 시작됐다.

"오늘 컨디션 어때요?"

"안 좋아요. 찌뿌둥해요."

"왜요? 어제 술 마셨어요? 늦게 잤죠?"

"생리 중이에요."

본격적으로 몸 둘 바를 몰라 하는 트레이너.

"회원님…… 너무 솔직하시다……."

솔직한 대답을 감당할 수도 없는 사람이 꼬치꼬치 묻는다. '네가 물어봤잖아요'라는 생각이 드는 건 둘째 치자. 그냥 헬스장도 아니고 여성 전용 헬스장이다. 이곳에서 일하면서 회원이 생리 중일 가능성을 생각조차 못하고 당황하는 태도라니. "지난 주말에 집회 취재를 했더니 무릎이 너무 아파요"라고 말할 때와 마찬가지로 "생리 중이에요"라고 말했을 때도, 트레이너가 그에 걸맞게 조언을 해주면 얼마나 좋을까. 호르몬 주기에 맞는 효과적인 운동을 위해서라면 내 생리 주기 앱 정보를 공유하는 것도 별로 큰 문제는 아니다(불규칙한

게 문제라면 문제겠지만).

쓸데없이 수줍음을 많이 타는 건지, 아니면 '사람의 몸'
과 달리 '여성의 몸'에 대해서는 얘기하고 싶지 않은 건지 내
트레이너는 생리 중이라는 말에 민감하게 반응했다. 인간으
로서 유치한 건 둘째 문제고, 트레이너로서 비전문적이다.

사실 생리뿐만이 아니다. 한발 더 나아가보자. 운동을 일
상화해서 건강을 추구하려면, 개인의 특성을 고려한 트레이
닝을 설계해야 한다. 개인화 트레이닝 말이다. 예를 들어, 완
전 채식을 하는 비건은 채식을 하지 않는 사람과 식단이 다
르다. 그렇다면 무엇을 얼마나 먹는지에 따라 영양과 운동
에 대한 조언이 달라져야 한다. 하다못해 단백질 영양제를 추
천해주더라도 우유가 아니라 대두나 완두콩 같은 식물성 단
백질 영양제를 추천해야 한다. 미국의 경우, 퀴어나 유색인
(POC, person of color, 백인이 아닌 인종을 이르는 말)이 안전하게
운동할 수 있도록 퀴어 전용 요가 교실이 열리기도 한다. 차
별은 어디에나 존재하니까.

한국은 어떨까? 한국의 트레이너들은 고객들의 다양한
정체성을 얼마나 열린 마음으로 존중하고 있을까? 헬스장에
가서 나는 비건이라고, 퀴어라고, 생리하는 사람이라고 밝히

고, 나 자신의 모습 그대로 운동할 수 있을까? 나는 이 중에서 그 수가 가장 많을 것이 분명한 '생리하는 사람'이라는 정체성을 제대로 이해받는 것에도 실패했다.

한편, 모든 여성이 나처럼 생리 주기를 아무렇지 않게 공유할 수 있는 건 아니다. 한국 사회 전체가 '생리'라는 단어를 두려워하는데, 여성이라고 해서 예외일 수 있을까. 1995년 '방송광고 심의에 관한 규정'이 바뀌기 전까지, 생리대는 공식적으로 전파광고 금지 대상이었다. 고작 24년 전 일이다. 생리대 광고에서 최초로 '생리'라는 단어가 사용된 게 무려 2018년이다(나트라케어 광고). 그전까지는 '그날'이니 '마법'이니 하는 단어로 간접적으로 표현했다. 게다가 생리혈은 항상 파란색 액체로 묘사했다. 내가 중학생이었을 때, 같은 반 남자애는 나를 비롯한 여자애들에게 "생리혈은 파란색 아니야?"라고 물어 빈축을 사기도 했다(실화다. 지어낸 거 아니다!). 빨간색 액체로 생리혈을 표현한 생리대 광고는 2019년에 처음 등장했다(라엘 광고).

이렇듯 여성은 생리가 감춰야 하는 것, 에둘러 말해야 하는 것이라고 직간접적으로 교육받아 왔다. 자신의 몸에서 일어나는 일임에도 말이다. 그러니 남성 트레이너에게 생리

중에 어떤 운동을 하면 좋은지 먼저 상담하기는 쉽지 않다.

그래서 여성에게는 여성 트레이너가 더욱 필요하다. 여성의 몸에서 일어나는 일을 터놓고 얘기하기 편하고, '운동하는 여성'으로서 겪은 시행착오와 생생한 조언을 나눌 수 있다는 장점 때문이다. 하지만 한국의 헬스장에 여성 트레이너는 많지 않다. 그럴 수밖에 없는 이유가 있다.

여성 트레이너와 여성 전용 헬스장

　처음 헬스장에 등록할 때 나를 상담한 트레이너는 여성이었다. 여성 전용 헬스장이라서 당연하겠거니 했다. 하지만 놀랍게도 그곳에 여성 트레이너는 딱 한 명이었다.

　"저는 여성 트레이너가 담당하면 좋겠는데…… 가능할까요?"

　"죄송해요. 아무래도 저 혼자이다 보니까, 봐서 너무너무 소심하신 분들은 어쩔 수 없이 제가 맡는데, 웬만하면……. 회원님은 딱 보니까 성격이 활달해서 괜찮을 거 같아요."

　그렇다. 여성 트레이너는 아무에게나 주어지는 행운이 아니다. 적어도 나는 그렇게 생각했다. 헬스장을 찾은 여성이

편하게 여성의 몸에 대한 지도를 받을 수 있는 사람은 아무래도 여성 트레이너이니까. 남성 트레이너는 내가 생리 때문에 몸이 안 좋다고 말하기만 해도 어쩔 줄 몰라 하지 않았던가. 여성 트레이너에 대한 수요가 많을 것 같은데 왜 죄다 남자인지.

여성 트레이너들에게 직접 물어봤다. 아무래도 여성이 하기 쉬운 직업은 아니라는 대답이 가장 먼저 돌아왔다. 그들의 경험담을 들어보니 어려움이 제법 있었다.

A 트레이너의 경우 '일부' 남자 회원들의 무례함을 지적했다. 트레이너가 단지 여성이라는 이유로 무시한다는 것이다.

"젊은 남자 회원들은 무게를 많이 올리고 싶어 하는데 아무래도 트레이너가 여자면 중량을 못 들 것 같아 믿음이 덜 가나 봐요. 전반적으로 미심쩍어 하는 것 같아요. 나이 드신 분들은 아주 심해요. 무조건 자기들이 여자보단 더 잘 안대요. 한번은 어떤 분이 엉망진창인 자세로 운동을 하고 있더라고요. 행여 허리가 다칠까봐 조언을 해드렸어요. 그렇게 하시면 위험하니 이렇게 하셔야 한다고요. 그랬더니 막 화를 내시는 거예요. 네가 뭘 아냐, 이거죠. 근데 남자 트레이너가 가서 똑같이 얘기하면 바로 고치시더라고요."

B. 트레이너는 처음 일을 시작할 때부터 매니저나 다른 트레이너가 '남자 회원이 무시할 수도 있다'고 미리 조언을 했다고 한다. 그는 일부러 남자 회원들 옆에서 가장 자신 있는 운동을 시범 삼아 보여줬다. 여성은 항상 자신의 유능함을 증명해야 한다. 남성 트레이너라면 필요하지 않은 '밑작업'인 셈이다.

두 번째 유형은 성희롱범이다. 진상 중의 진상. 소비자라는 '갑'의 위치를 이용해 여성 노동자를 괴롭힌다. 트레이너는 몸이 '좋다' 보니 더욱 타깃이 된다. 이름을 부르는 대신 "엉덩이가 탐스러운 쌤"이라고 부른다거나, 운동 자세 시범을 보이는데 근육을 만져본다는 핑계로 갑자기 신체 일부에 손을 댄다거나.

'퍼스널' 트레이닝이라서 개인 연락처를 교환하는 점도 약한 고리다. A 트레이너는 이전에 일하던 여성 트레이너가 그만두는 바람에 한 남자 회원을 맡게 됐다. 이 남자는 시도 때도 없이 전화를 하거나 문자 메시지로 영화를 보자느니, 목소리를 듣고 싶다느니 하며 치근덕댔다. 얘기를 듣는 내내 분노가 치밀었다.

"미친…… 확 잘라버릴……. 그래서 어떻게 하셨어요?"

"별수 없었어요. 제가 일하던 헬스장은 기본급이 낮고, 회원 수에 따른 성과급이 수익의 대부분을 차지했거든요. 심지어 몇 명이 팀으로 묶여서 성과를 측정해요. 제가 실적이 나쁘면 다른 사람들도 손해를 봐요. 그중에는 가장들도 있으니까……. 돈 때문에 참았죠."

고용과 수입이 불안정한 여성 트레이너가 성희롱이나 성추행에 대처하는 것은 쉽지 않다. 일터가 제대로 된 곳이라면 많은 것이 바뀐다. B 트레이너는 일을 시작할 때 이런 가르침을 받았다. "성적 농담을 던지는 남자 회원이 있다면 웃어넘기지 말고, 기분이 나쁘면 당당하게 제지하세요. 회원들에게 운동을 지도할 때도 몸을 만지기 전 반드시 '자세 좀 봐드려도 될까요?'라고 말하세요."

불행히도 어떤 헬스장들은 회원을 돈으로, 트레이너는 돈 버는 기계로 본다. 더욱 불행한 건 그런 곳이 실제로 돈을 잘 벌기 때문에 체인점도 늘리고 규모를 키워간다는 것이다. 이러한 노동 조건 아래서도 여자 트레이너는 더 불리하다.

일단 한 달에 일주일은 컨디션이 안 좋다. 생리 휴가가 없는 헬스장이라면 생리량이 많은 날에도 땀 흘리며 하루 종일 운동해야 한다. A 트레이너는 생리 휴가는커녕 설과 추석

때 하루, 여름휴가 3일을 제외하고는 근무했다. 생리통이 있어도 약을 먹고 참아야 했다. 다른 방법이 없었다. 게다가 여성 회원은 많은데 여성 트레이너 수는 압도적으로 적으니, 그만큼 일도 늘어난다. A가 일하던 헬스장의 트레이너 15명 중 여성은 단 두 명이었다. 이 두 사람이 남성용보다 훨씬 큰 여자 화장실, 탈의실, 샤워실을 모두 청소했다. 반면에, 남자들은 여러 명이 돌아가면서 하니까 상대적으로 일이 적었다.

A는 남성 트레이너가 결혼하는 것은 많이 봤지만, 여성 트레이너는 거의 본 적이 없다. 여성은 남성과 달리, 결혼을 생각한다면 트레이너로 오래 일하기 힘들다. 잠시 아르바이트하는 정도만 가능하다. 명백하게도 가정은 여성에게 더 많은 희생을 요구하기 때문이다.

"저 같은 경우 아침 7시 오픈이면 6시 50분까지 출근해서 준비하고, 중간에 수업이 없을 땐 혼자서 운동하는 회원들을 상대로 PT 영업을 했어요. 헬스장도 저도 돈을 조금이라도 벌 수 있는 일이었으니까요. 밤늦게 청소까지 끝마쳐야 하루가 끝나요. 이걸 주 6일 동안 변변한 휴가도 없이 하려니 너무 힘들었어요. 임신과 출산을 하면서 이 일을 한다는 건 불가능할 거예요. 여성 트레이너는 결혼과 동시에 대부분 그만둬요."

"남성 트레이너는요?"

"크게 영향받지 않아요. 결혼하면 더 열심히 일하죠."

"임신이나 출산 때문에 일을 그만두었다가 재취업할 수 있나요?"

"그럴 수도 있지만, 다른 헬스장에서 일했던 경력을 인정받기란 쉽지 않아요. 처음부터 다시 시작해야 하죠. 남자들은 그만두고 자기 헬스장 차리는 경우도 많이 봤는데, 여자는 그런 경우를 못 봤네요."

한국 헬스장 대부분은 많은 비정규직과 소수의 정규직으로 수익을 창출하며 운영된다. 소수의 정규직이 될 수 있을 때까지 버티기에 유리한 건 남자다. 한마디로 남성들의 세상인 헬스장은 여성에게 근본적으로 불리한 곳이다. 기울어진 운동장 위에서 미끄러지지 않으려고 최선을 다하고 있는 여성 노동자들이 그 증거다.

그럼에도 헬스장

오후 4시 30분, 직장에 다니는 친구들이 모여 있는 단톡방에 메시지가 뜨기 시작한다. 직장인의 업무 집중력이 떨어진다는 '퇴근 2시간 전'이 도래한 것이다. 이때쯤이면 오늘 야근인지 아닌지 '각'이 나온다. 운 좋게 야근을 피하는 날이면, 친구들 대부분은 운동하는 것을 꿈꾼다. 하지만 꿈은 이루기 쉽지 않다.

"어제 헬스장 갔거든. 별로 한 것도 없는데 아직까지 근육통 장난 아니네."

"우리, 힘내서 운동하자."

"제발 오늘도 운동하러 갈 수 있기를……. 근데 벌써부터

가기 싫다······."

직장인이 운동을 대하는 태도는 양가적이다. 나는 꾸준한 운동의 장점을 몸으로 느낀다. 확실히 달라진 컨디션, 계단이나 오르막길에서 한결 가뿐해진 발걸음, 스트레스 해소 효과. 내가 잘하고 있는지 확신이 없는 가운데 지루함이나 부담을 느끼기 쉬운 사회초년생의 회사 생활과 별개로, 오늘 하루 무언가 한 가지는 바람직한 일을 했다는 성취감과 뿌듯함. 자기계발의 첨병이 되어 늘 나만 뒤처지고 있을지도 모른다는 불안을 습관처럼 느끼는 세대라서 더 그런지도 모른다. 내가 제대로 된 근거 없이 '사회학적 아무 말'을 하고 있나? 아무튼 '나 오늘 운동했다!'라는 말처럼 단순하게 자랑스러운 선언도 없다.

하지만 그만큼 실천하기가 쉽지 않다. 헬스장 가는 길이 천릿길처럼 느껴진다. 왜 매번 이렇게 귀찮을까? 하지만 막상 떨어지지 않는 발을 질질 끌고서라도 헬스장에 가면, 즐거운 마음으로 운동에 집중하게 된다.

나는 근본적으로 게으르다. 정신적으로 힘든 건 그 때문이라고 치자. 그러나 회사 일로 바쁘고 피곤한 와중에 운동까지 하려면 물리적으로 힘들어진다. '박근혜-최순실 게이트'

를 취재하던 기자 시절에는 처리해야 하는 정보가 너무 많았다. 운동을 하고 집에 돌아와서는 밤새 일을 해야 했다. 그다음 날이면 온몸이 비명을 질렀다. 강도 높은 운동 뒤에 휴식을 취하지 못한 탓에 피로가 또 쌓였다. 이 후유증이 오래가면 결국 운동을 거르게 된다. 좀 더 건강해져서 피로를 줄이자고 시작한 운동인데, 피곤하다는 이유로 운동을 하지 않는 것이다.

이 악순환을 끊는 데는 초인적인 의지가 필요하다. PT가 내게 강력한 힘을 발휘하는 지점이 바로 여기였다. 트레이너와 일단 약속을 잡으면 어떻게든 가야 한다. 그 전날이나 최소한 당일 오전에 취소하지 않으면 1시간에 5만 원을 고스란히 날리게 되기 때문이다. 열심히 일해서 번 피 같은 돈을 생각해서라도 꾸역꾸역 헬스장에 갔다. 높은 가격과 그에 비례하는 운동 효율. 이 두 가지 점 때문에 지금까지 늘어놨던 불편하고 짜증나고 여성혐오적 경험에도 불구하고, 2년 가까이 때론 열심히 때론 불량스럽게 'PT 푸어'의 본분을 다할 수 있었다.

하지만 달리 생각해보면, 당시 내가 헬스를 할 수 있었던 중요한 이유가 있다. 무엇보다 금전적으로 여력이 있었다. 당시 나는 서울 마포구의 '성미산마을' 공동체에서 만난 네 명의 언니들과 셰어하우스에서 살았다(이때의 얘기는 《유쾌한 셰어하우스》(공저, 올댓북스, 2015)로 출간됐다. 혹시 궁금하신 분이 있을까 봐 막간을 이용해 책 홍보?). 도시에서 독립생활을 하는 다른 여성 1인 가구에 비해 월세와 생활비가 훨씬 적게 드는 편이었다. 마침 애인도 1인 독립생활자였다. 사귄 지 오래돼서 더는 데이트 비용이나 숙박비가 많이 드는 '연애의 단계'도 아닌 데다 딱히 취미도 없었다. 한마디로 돈 쓸 데가 없었다. 운동 말고는.

친구 K의 경우는 다르다. K는 취직한 직후 얼마간 수습사원 월급을 받았다. 안 그래도 희미한 월급의 70%라니. 학교 다닐 때는 부모님의 지원으로 PT도 받고 스피닝도 했지만, 경제적 자립을 막 시작한 터라 그럴 만한 돈이 없었다. K는 마트에서 1만 7500원짜리 요가 매트를 산 뒤 '홈트레이닝'을 시도했다. 유튜브와 인스타그램에 올라온 홈트레이닝 영상을 보며 트레이너의 동작을 따라서 했다. 하지만 혼자 운동하는 건 무엇보다 강력한 의지를 필요로 한다. 힘들면 앉고 싶고, 앉으면 눕고 싶고, 누우면 널브러지고 싶은 것이 사람의 마음이다. 영상 속 동작을 따라 하다 힘들어지면 그 동작은 건너뛰거나 운동 강도를 낮춰버리는 일이 반복됐다.

　나 역시 K처럼 홈트레이닝을 시도한 적이 있다. 한 세트를 하고 나서 널브러져서는 스마트폰을 만지작거리다가 슬렁슬렁 다시 다음 세트를 시작했다. 헬스장에서는 이렇게 느긋할 수 없었다. 트레이너는 운동을 한 세트 하고 나서 다음 세트로 가기 전까지, 딱 10초만 쉬게 해준다. 쉬는 시간에 한 모금 마신 물이 아직 위를 통과하지도 않았는데, 빨리 다음 세트를 하라고 재촉한다(나는 진짜로 물이 역류할 것 같다고 호소했던 적도 있다. 트레이너는 운동 중에는 물을 벌컥벌컥 마시지 말고 입안만 약간 적실 정도로 '머금어야' 한다고 강조했다). 비명을 질러가며 그 페이스를 맞춰가다 보면, 운동 직후에는 몸이 너덜너덜해진다. 홈트레이닝보다 백배는 힘들다. 운동하는 동안 체력을 한계까지 밀어붙였다는, '제대로 운동했다'는 증거를 몸으로 느끼는 것이다. 그만큼 PT는 백배 정도 빠르게 자신의 한계를 쭉쭉 늘려갈 수 있다.

　결국 K는 수습 기간이 끝나자마자 집 근처의 헬스장에 가서 PT를 신청했다. 멈출 수 없는 PT 푸어의 굴레. K는 부모님으로부터 독립하기 위해 돈을 모으고 있었다. 적은 월급에 PT 비용까지 감당하려니 그 길이 더욱 멀어 보인다고 했다. 현명한 경제생활을 해보려고 '1인 가구를 위한 경제 조언' 책을 샀는데, 책에서 저자는 자신의 지출 가운데 PT 비용을 '의미 없는 지출'로 꼽았다. 공감 가는 조언을 기대했던 'PT 푸어' K는 약간 상처받았다. K로서는 현재 PT에 들이는 돈이 가장 가치 있는 소비이기 때문이다(물론 인생에서 의미 있는 지출이 무엇인지를 꼽는 기준은 개인마다 다르다).

K가 헬스를 시작한 지 벌써 1년이 지났다. 지난 달, K가 말했다.

"나는 너무 힘들면 웃음이 나오더라."

"고통의 헛웃음, 뭐 그런 건가?"

"내가 웃을 때마다 트레이너가 이렇게 말하지. '회원님 행복하세요? 한 세트 더 할게요.'"

트레이너의 발랄한 듯 무심한 목소리를 맛깔나게 흉내 내는 K 덕분에 크게 웃었다. K가 'PT 푸어'가 아닌 행복한 헬스인이 될 수 있도록, 부디 야근 횟수에 비례해서 내년 연봉이 오르기를 간절히 기원한다.

4부 여성의, 여성에 의한, 여성을 위한 헬스장

5부

지속가능한
'자기만족 운동'을 위하여

세상은 넓고 운동은 많다

결혼 후 이사를 했다. 버스로 20분 정도 더 가야 했지만, 헬스장은 꾸준히 다니겠다고 다짐했다. 5개월가량 남은 헬스비를 환불하지 않았던 건 그 때문이다. 하지만 오산이었다.

헬스장은 이제 퇴근길에 반드시 지나는 위치도, 걸어서 갈 수 있는 거리도 아니었다. 이 핑계 저 핑계에 게으름과 업무로 인한 피곤함까지 더해졌다. 회사에서 집까지 한 번에 가는 버스가 있는데, 굳이 갈아타면서까지 헬스장에 갈 의지가 내게는 없었다. '헬스장을 다니기엔 나는 너무 게으르고, 일은 너무 힘들다'는 결론에 닿았다. 나는 그렇게까지 헬스를 좋아하지 않았던 모양이다.

2018년 3월, 회사를 그만뒀다. 운동할 시간도 없이 바쁜 직장 생활에 몸도 마음도 건강을 잃었기 때문이다. 잠시 숨 고르기가 필요했다. 병원에 다니고, 여행을 다녔다. 무엇보다 가족과 많은 시간을 보냈다. 얼마 안 있어 스카우트 제의를 받았고, 나는 재택근무를 할 수 있는 모바일 기반 콘텐츠 플랫폼 여성 생활 미디어 '핀치'에서 일하게 되었다.

일하는 시간을 스스로 결정할 수 있는 근무 환경에서는 규칙적인 생활 패턴이 무엇보다 중요하다. 몇 번의 시행착오 끝에, 나는 그 패턴 속에 운동을 반드시 넣어야 한다는 걸 깨달았다. 다시 운동이 일상이 될 때가 온 것이다. 이번에는 시간적으로 선택의 폭이 훨씬 넓었다. 굳이 헬스가 아니어도 된다! 나는 평일 오전에 여성 전용 클래스가 열리는 수영장에 다니기 시작했다.

수영은 내가 가장 자신 있게 할 수 있는 운동이어서 더 잘해보고 싶었다. YMCA 아기스포츠단에서 접영 발차기까지 배운 뒤로 수영 강습을 받은 적은 없었지만, 물이 있는 곳에서 잘 놀았다. 이제는 접영 마스터가 되는 게 나의 꿈이다. 초급반에서 자유형 자세 교정부터 시작했다. 지금은 오리발을 끼고 접영을 연습하고 있다. 처음에는 25m 레인을 세 바퀴만

돌아도 힘들었는데, 한창 열심히 할 때는 열 바퀴를 연속으로 돌기도 했다.

아, 물론 피치 못할 부상, 극심한 생리통, 휴가와 여행, 심지어 재등록을 까먹었다는 걸 핑계로 몇 주씩, 심하면 한 달 내내 수영을 빠지기도 했다. 그래도 기어코 그다음 주는, 그다음 달은 열심히 가려고 노력 중이다. 비록 롤러코스터 같은 출석률이지만 같은 반 회원들이 "지난달에 잘 못 봐서 그만둔 줄 알았어요!"라며 반갑게 얼굴을 알아봐줄 정도로는 성실하게 다니려고 애쓰고 있다.

헬스에 흥미를 느끼지 못해 새로운 운동을 찾아 나선 친구들은 나 말고도 많았다. 그들은 재택근무가 아닐지라도 바쁜 시간을 쪼개가며 자신에게 맞는 운동을 찾는 시도를 멈추지 않았다.

Y는 폴댄스를 시작했다. 폴댄스가 남성들의 눈요기를 위한 선정적인 춤이라는 건 편견이었다. 그녀는 철봉 하나에 스스로의 힘으로 지탱하며 매달리는 '기술'을 연마하고 있다. 그 과정에서 노출이 많은 옷을 입는 이유는 오로지 하나. 초보자일수록 피부의 마찰이라도 이용해야 1초라도 더 철봉에서 버틸 수 있기 때문이다. Y는 거울에 비친 자신의 몸을 오

래 쳐다보면서, 불룩한 허리 살과 젓가락 같지 않은 팔과 허벅지에 익숙해졌다. 나아가 긍정하게 되었다고 고백했다. 안무를 훌륭히 소화하려면 가느다란 몸이 아니라 정확한 자세와 근력이 중요하기 때문이다.

H는 킥복싱을 시작했다. 직장 동료를 따라간 킥복싱 체육관에서 여성 코치를 만났다. 머리에 쏙쏙 들어오게 설명하는 점이 마음에 들었다. 현대인으로 살다 보면 가끔 아무도 해치지 않으면서 폭력성을 해소하고 싶을 때가 있다. H는 스트레스가 심했을 땐 구체적인 상황을 떠올리며 주먹과 발차기를 날렸다고 털어놓았다. 그는 '예쁘게' 보일 필요 없는 킥복싱이 좋다. 요가나 헬스를 할 때처럼 "이 동작을 하면 이 신체 부위가 예뻐져요" 같은 말을 듣지 않아서, 킥복싱 코치가 "이렇게 해야 더 효과적으로 공격할 수 있어요"라는 말을 더 많이 해서 더 그렇단다. 공격하기 위한 기술이다 보니, 기본 자세부터 대놓고 상대를 노려본다. 얼굴 가까이에 두 손을 올려서 방어한다. 고개는 살짝 숙이고, 눈은 정면을 향해 치켜뜬다. 조금만 눈에 힘을 줘도 '여자애가 도끼눈을 뜬다'며 트집 잡던 꼰대들이 떠오른다. 킥복싱 세계에 그들이 설 자리는 없다.

N씨는 지금 다니는 주짓수 도장의 유일한 어자 퍼플띠 소유자이다(승급 체계를 의미하는 주짓수 띠에는 화이트, 블루, 퍼플, 브라운, 블랙 띠가 있다). 본의 아니게 도장에서 신입 남자 관원들, 특히 헬스 좀 했다고 거들먹거리는 남자들의 비대한 자아를 깨부수는 역할을 맡고 있다. 이들은 열이면 열 '여자가 퍼플띠?' 하며 의아해하거나 놀라는 반응을 보인다. 하지만 이것도 잠시다. 상대가 여자라서 우습게 본다. 기술로 안 되니까 힘이나 무게로 눌러서라도 어떻게든 N씨를 이기려고 기를 쓴다. 5년차에 띠가 2등급이나 위인데도 N씨가 단지 여자라는 이유로 지고 싶지 않은 것이다. 2분 전에 도장 문을 열고 들어온 주제(?)에 퍼플띠를 이길 수 있다고 생각한다. 남자니까. 주짓수는 탭을 통해 자신이 졌다는 걸 인정할 수 있어야 하는 스포츠다. N씨의 기술이 제대로 먹힌 상태에서 빠져나가려고 발버둥 치다 갈비뼈에 금이 간 남자도 있다.

친구들이 운동하는 얘기를 들어보면, 하나하나가 모두 여성의 성장 서사다. 꼭 성실하고 꾸준하게 운동하는 얘기에만 해당되지 않는다. 근근이 운동을 하는 얘기도, 이런저런 운동을 찾아 떠돌아다니는 얘기도, 심지어 운동을 얼마 안 돼 그만둔 얘기조차도 훌륭한 서사다. 실패를 인정하고, 실패를

딛고, 자기 자신을 위해 다시 도전하는 여성들의 얘기.

더 많은 여성이 스스로가 가장 즐거워하는 운동을 했으면 좋겠다. 주변 사람에게 '요즘, 나 이런 운동 한다!'고 자랑하고 떠들었으면 좋겠다. 운동을 주제로 수다만 떨어도 이렇게 재밌는데, 같이 운동하면 얼마나 더 재미있을까? 여성들이 더 많은 운동장을 점령했으면 좋겠다. 세상은 넓고 운동은 많다. 그리고 모든 운동은 여성들의 운동이다.

"여자가 가르치고 여자가 배운다"

PT를 받으면서도, 수영을 다시 배우면서도 내가 염원했던 건 여성들이 여성 트레이너에게 운동을 배울 수 있는 장소다. 트레이너가 정확한 자세 교정을 위해 몸을 잡아도 괜찮고, 생리가 운동에 미치는 영향을 터놓고 얘기할 수 있고, 트레이너가 '회원'의 나이나 외모에 대한 농담을 던져 분위기를 얼어붙게 만들지 않는, 여성이 안전하게 운동할 수 있는 공간. 팔을 걷어붙이고 직접 그런 '판'을 벌린 사람들이 있다.

2018년 여름, '여가여배'라는 이름의 프로젝트가 추진되었다. "여자가 가르치고 여자가 배운다"는 뜻의 비정기 원데이 스포츠 클래스다. 광고회사 인턴 동기로 만난 10년지기

두 친구 강소희와 이아리가 기획하고 디자인했다.

기획자 강소희에게 영감을 준 건 영화 〈당갈〉이었다. 인도 스포츠 역사상 최초로 국제대회 금메달을 수상한 여성 레슬러 기타 포갓(Geeta Phogat)과 자매들의 얘기다. 레슬링에 천부적인 재능을 가진 이 자매들은 남자들을 두들겨 패고, 여자 레슬러를 본 적이 없어 상상조차 하지 못하는 인도인들의 편견에 맞선다.

강소희는 〈당갈〉을 보고 가슴이 뛰었다. 당장 레슬링을 배우고 싶었다. 레슬링과 유사하지만 좀 더 대중적인 주짓수를 추천하는 사람이 많았다. 몸을 부딪쳐가며 하는 운동인데 남자들 틈에서 하기는 싫었다. 여성이 가르치고 여성이 배우는 주짓수 교실은 없는지 알아보다가 직접 꾸려보기로 결정했다. '여가여배'는 그렇게 탄생되었다. 7월 1일 '제1장 나를 지키는 주짓수'를 시작으로 두 달에 한 번 여성이 가르치고 여성이 배우는 운동의 장이 열렸다.

어떤 스포츠를 배울 것인가? 이후 이들은 신중하게 운동 종목을 골랐다. 전형적으로 남성들의 이미지만 떠오르는 운동, 그래서 여성에게 진입장벽이 높은 운동들이 후보에 올랐다. 같은 해 9월 1일 '제2장 농구…… 좋아하세요?', 11월 10

일 '제3장 넘어지지 않는 스케이트보드'가 열렸다. 입소문이 나면서 반응이 뜨거웠다. 농구는 1시간 만에 정원이 마감됐고, 스케이트보드는 무려 2분 만에 모집이 끝났다. 멀리 지방에서 캐리어를 끌고 참가한 사람도 있었다(2019년에는 '제4장 너랑나랑 여자축구', '제5장 여자라면 배구'가 성공적으로 치러졌다.).

여가여배 1장부터 3장까지 모든 클래스에 참여한 M은 농구를 손꼽았다. M은 학창시절 농구공으로 얼굴을 맞은 기억 때문에 '농구 공포증'이 있었다. 학교 체육 시간에 남자아이들과 배웠던 농구는 공이 무겁고 다루기 어려운 스포츠였다. 그런데 여가여배에서 차근차근 배운 농구는 즐거웠다. 무엇보다 혼자 하는 운동이 아니라 더 그랬다. 3~4명이 팀워크로 승부욕을 불태우고, 점수를 낼 때마다 함께 기뻐하는 짜릿함이 있었다. 성인이 된 후 대체로 PT처럼 혼자 하는 운동을 했기에 더 각별하게 느껴졌다. 무더운 날, 남자들이 한강 공원에서 몇 시간씩 농구를 하는 이유를 비로소 이해할 수 있었다.

여성을 위한 운동 수업이라고 무조건 난이도가 쉬운 건 아니다. 다만 '여가여배' 농구 클래스는 초보자를 위한 교실이었다. 잘 못해도 괜찮다는 메시지가 분명했기에 M 같은 사람도 안심할 수 있었다. 조금만 어설퍼도 '여자는 깍두기!'라는 볼멘소리가 나오지 않았다. 그 어떤 차별도, 선입견도 없이 운동 그 자체를 만끽할 수 있었다.

무엇보다 M은 여자 주짓수 사범, 여자 농구 선수, 여자 스케이터의 존재에 고무됐다. 이제 막 운동에 관심을 가지기 시작한 왕초보는 '여성 고수'의 조언에서 긍정의 에너지를 얻었다.

"지금 못해도 괜찮아요."

"한번 해보세요."

"꾸준히 연습하면 누구나 할 수 있어요."

"천천히 익숙해지면 돼요."

특정 운동을 할 때뿐만 아니라 일상에서도 좋은 자극이자 격려가 되는 말이었다.

그렇게 운동에 빠지기 시작하면, 어떤 이들은 자기만의 방식으로 '여성 고수'의 길을 개척해나간다. 친구 J는 주중에는 회사원, 주말에는 새내기 필라테스 강사다. 내게 수영이 그런 것처럼, J는 본인을 위한 최적의 운동으로 필라테스를 선택했다. 안쪽 근육을 강화함으로써 자세를 교정하는 동시에 근력과 유연성을 기르는 과정에 매료되었다. J는 꾸준히 운동을 '소비'하는 것에 그치지 않고, '자격증'을 따기 위한 과정을 시작했다. 여러 필라테스 센터를 다니며 지금보다 더 나은 운동 방식을 스스로 찾아 익혔다.

객관적으로 보면 J의 일상은 무척 바쁘다. 사실 나는 깜짝 놀랐다. 저녁에는 1초도 더 일하고 싶지 않다던 J가, 퇴근후 필라테스 커리큘럼을 구상하고 주말에는 필라테스 강사일을 한다니! 하지만 그는 회사만 다닐 때보다 훨씬 편안하고 안정되어 보였다. J의 진로 고민이 사라진 것도 아니고, 누군가는 이런 과정을 과도기라 할지도 모르지만, 그는 분명 자기 삶의 주인다웠다.

좋아하는 운동을 하면서 돈을 벌 수 있다는 건 매력적이다. 그저 다른 평범한 사람들처럼 운동을 즐겼을 뿐인데, 즐긴 시간들이 쌓여 실력으로 나타나고 더 나아가 트레이너가 될 기회를 얻은 이들. 아직 대학생인 H도 이런 사례에 해당한다. H는 복싱을 배우던 체육관에서 시간제 코치를 제안받았다.

운동을 가르치는 일은 운동을 배우는 것과는 또 다르다. H는 아마추어 복서로 생활체육 복싱시합에 나가는 수준임에도 코치로서는 체계적인 교육을 받지 못했다. 그야말로 맨땅에 헤딩할 수밖에 없었다. 초반에는 커리큘럼을 짜고 자세를 설명할 때 헤맸다. 그러면 '남자 코치는 없냐', '관장님은 언제 오냐'는 식으로 무시당하곤 했다. H의 코칭 실력이 점차 숙련되면서 그런 일은 거의 사라졌다.

여성 회원들은 일부러 H씨의 근무 시간을 물어보기도 한다. 특히 여자아이의 운동을 상담하러 온 부모님은 H를 더 믿고 선호한다. 복싱은 무엇보다 자세가 중요하다 보니 어깨나 허리를 잡아야 할 때가 있다. 만약 남성 코치가 수강생의 신체를 존중하지 않는다면, 특히 여성 수강생의 경우 불쾌함을 느낄 수 있다. 여성 코치가 있다면 이런 문제를 줄일 수 있다. H의 체육관 코치는 남자였지만, 늘 먼저 양해를 구하고 자세 교정을 해주어서 불쾌했던 적이 없다. 그래서 H도 가르칠 때 그렇게 한다.

트레이너가 된다는 게 반드시 좋은 일은 아니다. H의 경우, 하루에 1시간 30분씩 스스로에게만 집중하던 운동이 이제는 하루에 4시간씩 많은 사람에게 신경 써야 하는 일이 됐다. 복싱을 배우러 온 회원들을 위해 미트를 받쳐주다 손에 물집이 잡히기도 한다. 빨래나 청소 같은 잡무도 있다.

하지만 가르치는 재미가 있다. H는 회원들이 운동을 오늘 하루 제대로, '빡세게' 했다는 느낌이 들 때 뿌듯하다. 회원들의 근육은 다음날, 어쩌면 그다음 날까지 비명을 지르겠지만…… 트레이너는 회원들의 능력이 100%일 때 120%를 주문해서 실력을 향상시키는 존재인가 보다. 체육관 회원이 줄어들면서 H도 알바를 그만뒀지만, 그에게는 분명히 트레이너의 재능이 있다.

누구나 J나 H처럼 될 수 있는 건 아니다. 트레이너로 투잡이나 전직을 시도하기 전에 주의해야 할 점도 있다. 바로 일부 체육관들의 상술이다. 자격 코스, 마스터 코스, 강사 코스라는 이름으로 별다를 것 없는 과정에 터무니없이 비싼 비용을 요구하는 장사꾼들이 어디에나 있다. 남들보다 약간의 재능과 끈기가 있고 투잡에 관심이 많은 '회원'은 이들에게 이상적인 타깃이다. 이 과정을 밟으면 나중에 돈을 벌 수 있다, '운동'이 아니라 '미래를 위한 투자'이다 등의 주장이 설득력을 얻기 때문이다. 운동 종목에 따라 국가공인자격이 존재하지 않거나, 출처가 불분명한 사립자격증이 난무하고 있다.

J와 H는 이런 상술에 걸려 '호구'가 되지 않고 트레이너가 될 수 있었다. J는 서울 시내의 여러 센터에서 실시하는 체

험 수업을 끊임없이 찾아다니며 객관적인 정보를 수집했다. S는 믿을 만한 체육관에 오랫동안 다니던 끝에, 말하자면 '도제식'으로 그곳 일을 도우며 배웠다.

단순한 이유로 시작한 운동이어도 좋다. 운동하는 여성의 미래는 무궁무진하다. 완전 초보에서 점차 고수가 되고, 보조 강사가 되고, 트레이너가 되는 과정도 운동을 즐기는 좋은 방법이다. 우리에게는 종목을 불문하고 여성 트레이너가 많으면 많을수록 더 좋기 때문이다.

야생마, 온전한 정복의 기억

　일반적으로 한국 여성들은 학창시절 운동장과 관련한 추억이 별로 없다. 남성들은 정반대다. 이들은 밥 먹고 잠자는 시간 외에는 고삐 풀린 망아지처럼 죽어라 축구공을 쫓아다니며 운동장을 누볐다. 그동안 여자아이들에게 허락된 운동은 '피구'였다.

　유독 '여자' 청소년들에게 강요되는 피구는 잘 뜯어보면 이상한 공놀이다. 커다란 운동장 한쪽에 마련된 피구장 안에서 두 편으로 나뉘어 공으로 사람을 맞힌다. 학창 시절 내내 피구를 하다가 공에 대한 공포심이 생기면서 구기 종목에 흥미를 잃어버렸다고 회상하는 여성들도 있다. 배구, 축구, 농구, 야구 등 공으로 할 수 있는 재미있는 운동이 얼마나 많은데, 왜 '피구'만 여자 청소년을 위한 대표적인 스포츠로 여기는지 수수께끼다. 여자 청소년을 위한 운동과 남자 청소년을 위한 운동이 따로 있다는 발상부터가 우스꽝스럽다.

나는 성남에 있는 특성화 고등학교에서 청소년기를 보냈다. 우리 학교의 체육 시간은 조금 특별했다. 다른 학교에서는 하지 않는 여성 전용 구기 종목이 있었다. 이른바 '야생마'였다.

이름부터 예사롭지 않은 이 종목이 어디서 왔고, 왜 우리 학교에 정착했는지 그 기원은 아무도 모른다. 야생마는 가을 정기 체육대회(기획, 준비, 실행 모두 학생들로 구성된 '체육대회준비위원회'가 맡는다) 정식 종목이었다. 그게 아니더라도 반 대항 '메이저' 스포츠였다.

규칙은 간단하다. 먼저 운동장 대각선 두 구석에 '골 영역'의 원을 그린다. 이 원 안쪽이 골키퍼의 영역이다. 골키퍼는 이곳에서 공을 쳐내는 게 아니라, 공을 잡아야 한다. 우리 편 공격수가 던진 공을 우리 편 골키퍼가 잡아내면 득점 성공이다. 경기에 참여하는 인원은 골키퍼를 제외하고 팀당 5~6명. 주로 배구공이나 럭비공을 사용했다. 공격수는 골 영역 바깥에 그어놓은 공격 저지선 안으로 들어올 수 없다. 수비수는 골 영역을 침범하지 않는 한 얼마든지 수비할 수 있다. 공이 경기장 밖으로 나가면 축구처럼 '스로인'을 한다. 공의 소유권을 두고 교착상태가 되면 심판 재량 아래 그 자리에서 점프 볼을 한다.

야생마의 규칙은 이게 다. 공을 발로 차도 되고, 남이 들고 있는 공을 쳐내도 되고, 상대 팀의 팔이나 몸을 잡거나 태클을 걸어도 되고, 옷을 잡아도 된다. '야생마'라는 명칭이 와 닿는 대목이다. 아이러니하게도 야생마는 이토록 야만적이기 때문에 오히려 여자들에게만 허용된 종목이었다. 혼성 경기가 불가능한 것은 물론이다. 남자들끼리 야생마를 한다면 매 경기마다 부상자가 발생할지도 모른다. 그들은 몸싸움이 제한된 축구 경기에서도 서로를 부상 입히는 재주가 있다.

신기하게도 우리는 야만적인 규칙 속에서도 '선을 넘어' 상대방을 다치게 하지 않았다. 서로의 팔을 가로채고, 허리를 잡아당기고, 공을 선점하려 바닥을 뒹굴고, 패스하는 찰나에 손에 들린 공을 쳐내면서도 말이다. 예를 들어, '머리카락을 잡아당기면 안 된다'는 규칙이 없다고 해도 그런 짓을 하는 일은 아무도 없었다. 태클을 걸어도 된다고 해서 일부러 발을 걸거나, 서 있는 사람을 체중을 실어 넘어뜨리는 일은 없었다. 주로 패스하지 못하도록 농구처럼 맨투맨 방어를 하거나 패스 순간을 노려 공을 가로챘다. 우리는 성문화된 규칙 없이도 '본능적'으로 폭력과 스포츠의 영역을 구분했다.

야생마 하면 가장 먼저 자욱한 흙먼지가 떠오른다. 우리는 정말 야생마처럼 공만 보고 달려들었다. 공이 바닥에 떨어지면, NFL에서 뛰는 미식축구 선수들처럼 서너 명이 흙바닥에 몸을 던졌다. 옷이 찢어지거나 늘어나는 일은 흔해서 대부분은 후줄근한 '야생마용 티셔츠'를 입었다. 우리는 승부를 놓고 진지하다 못해 살벌했다. 골이 들어가면 조용히 하이파이브를 하기도 하고 운동장이 떠나갈 듯이 환호성을 질렀다. 그때 우리의 모습은 〈슬램덩크〉, 〈H2O〉처럼 남자애들이 득시글대는 스포츠만화도 부럽지 않을 만큼 멋졌다. 야생마는 운동장 전체를 사용하는 여자들만을 위한 놀이였다.

지금도 기억하는 경기 하나. 가을 체육대회를 대비해 열린 예선전 경기였던 것 같다. 늦여름에서 초가을로 넘어가는 장마 기간이라 비가 억수같이 쏟아졌다. 남자애들이 비 온다고 축구를 안 하지 않듯, 야생마를 하는 여자애들도 날씨에 아랑곳하지 않았다. 후줄근한 티셔츠는 금방 진흙투성이가 됐다. 차라리 시원했다. 예선전은 대부분 점심시간에 치러져서 이 치열한 수중전을 구경하는 '갤러리'들이 꽤 있었다. 선수들 중 몇 명은 소매에서 브래지어를 뽑아내 운동장 구석으로 냅다 던졌다. 내게는 너무나 멋져 보이는 순간이었다. 자유분방하게, 온몸으로 운동장을 뛰고 구르며, 오직 재미와 열정과 팀워크만 추구했으니까. 이런 경험을 또 다시 할 수 있을까?

야생마를 할 때만큼은 여자애들이 운동장의 주인공이었다. 우리만의 세계였다고나 할까. 그건 럭비에 준할 만큼 격렬하고 동물적인 스포츠였다. 정말 재미있었다. 대학에 와서 야생마에 관한 내 추억을 얘기할 때면, 남자들은 흥미로워했고 여자들은 대부분 눈을 반짝거렸다. 자기도 해보고 싶다던 친구도 있었다. 실제로 고등학교 선배 중에는 대학에 야생마를 전파한 사람도 있다고 들었다.

하지만 대학에서 여자들이 운동장을 차지하는 건 어려웠다. 처음 보는 남자들 사이에 끼어 운동을 하는 게 쉽지 않았다. 운동장은 점점 낯선 곳이 되었다. 필라테스, 복싱, 폴댄스, 수영처럼 실내 공간에서 유료 강습을 받을 수 있는 종목을 찾아가는 것이, 학교 운동장에서 마음 맞는 친구들과 즐길 수 있는 축구나 농구보다 더 쉬웠다. 반면, 남자들은 훨씬 쉽다. 이미 6년 내내 자신의 것이었던 운동장을 숨 쉬듯이 들락거린다.

이처럼 운동에 대한 젠더적 진입 장벽은 '돈'의 문제와는 별개로 존재한다. 운동장은 분명 공공의 공간인데 사회적으로, 문화적으로, '일반적으로' 남성의 공간처럼 여겨진다. 운동장에서 여성은 남성들의 호기심 어린 시선을 견디거나, 은근하게 '진정성'을 의심받거나, '진짜 실력'을 시험당하거나, '방해'가 된다는 식으로 견제받기 일쑤다.

야생마 에이스였던 내 동창은 지금 어떤 운동을 하고 있을까? 여성들의 신체적 에너지가 진지하고 치열하게 부딪치던 그 순간은 다시 일상이 될 수 있을까?

나는 여학생들이 야생마를 했으면 좋겠다. 여성들이 운동장을 점령하는 경험이 보편적이었으면 좋겠다. 야생마가 아니어도 된다. 축구, 농구, 배구 그 무엇이라도 좋다. 앞머리가 흐트러지는 건 물론 브래지어조차 거추장스러워 벗어 던져버린 여성들이 운동장을 점령했으면 좋겠다. 매일 아침 눈뜨면 가야 하는 학교에는 가장 넓은 공간인 운동장이 있다. 여자 청소년들도 그곳에서 '내가 이 공간의 주인공'이라는 걸 경험해보면 좋겠다.

학교를 졸업했다면? 지금이라도 늦지 않았다. 운동 감각이 없어서, 운동을 해본 적이 없어서, 잘 못한다고 지레 두려워하지 말고, 친구들과 한강 공원에서 농구공을 튕겨보고 자전거를 타고 축구공을 차고 셔틀콕을 때려보자. 잘하고 싶은 욕심이 생기면 더욱 좋다. 요즘 웬만한 스포츠는 인터넷으로 동영상 강습을 받을 수 있다. 운동하는 여성들이 하나둘 모여 운동장을 차지하는 '커뮤니티'를 시작해보자. 팀 스포츠에 관심이 없다면 혼자서 몰두할 수 있는 운동을 찾아도 좋다. 더욱 건강해지고, 더욱 즐거워지고, 주변 여성들과 그 에너지를 나누자. 여성들이여, 세계 곳곳의 운동장과 체육관을 되찾자.

더 나은 사회와 더 나은 헬스장의 상관관계

헬스장과 작별하고 수영을 시작했지만, 아무 불만 없이 운동하고 있는 건 아니다. 나는 여전히 여성혐오가 만연한 한국 사회에서 살고 있기 때문에, 내가 가는 어느 곳도 딱 그만큼 여성혐오적이다. 유토피아는 없다. 수영 강사도 언제든지 갑자기 툭 튀어나온 돌부리처럼 맥락 없는 '다이어트'를 언급할 수 있고, 성별 전형성에서 비롯한 '실패한 농담'을 할 수 있다. 여성 전용 수영 강습인데 강사는 남성만 즐비한 현장을 목격할 수도 있다.

나를 담당했던 헬스 트레이너도 마찬가지다. 그에게 개인적인 감정이 있어서 이런 글을 쓴 건 결코 아니다. 어쨌든 나는 그와 티격태격하거나 친구들과 뒷담화하거나 이런 글을 구구절절 쓸지언정, 담당 트레이너를 바꾸지 않고 2년 가까이 그 헬스장을 다녔다. 그곳에서 일어난 어떤 일들과 트레이너가 했던 특정 발언은 여성혐오적이었다. 그러나 이를 문제시한다고 해서, 그 헬스장이 문을 닫아야 한다거나 그 트레이너가 일을 그만두고 사회적으로 매장을 당해야 한다고 주장하는 건 절대로 아니다. 그는 친절하고 사교적이며 밝은 성격의 유능한 트레이너였다. 자신의 전문성을 갈고닦기 위해 세미나, 워크숍, 학술대회 등을 찾아다닐 만큼 부지런했다. 나는 그가 시키는 대로 운동하면서 몸의 변화를 분명히 느꼈다. 그는 그저, 딱 한국 사회만큼 여성혐오적이었을 뿐이다.

가끔은 이런 생각도 든다. 내가 그를 변화시켜야 했을까? 세상에는 나처럼 살을 빼기 싫은 사람, 힘이 세지고 싶은 사람, 날씬해지는 것에 아무런 관심 없는 사람, 그래도 아무 문제 없이 여성인 사람도 있다고 납득시켜야 했을까? '내가 남자였어도 지금 나에게 그 말을 했을 거냐'며 일일이 따졌어야 했나? '여성이라는 이유로 자꾸 내게 다이어트를 권하고, 결혼식을 앞두고는 당연히 날씬해져야 한다고 주장하는 것이 다른 무엇보다도 한국 사회에서 여성으로 살아가는 걸 더 힘들게 한다'고 구구절절 하소연해야 했나? 그러면 그 사람이 바뀌었을까?

　나에겐 그런 역할까지 할 기력이 없었다. 그런 자리에서는 세 번까지는 그냥 조용히 넘어가고 운동에 집중했다(같은 문제가 그 이상 반복되면 참지 않았다. 하지만 근본적으로 상대방을 설득했다기보다 그냥 내가 하고 싶은 말을 했고, 그걸 관철했을 뿐이다). 그러다 보니 나중에 그가 했던 말을 곱씹게 되고, 이런 프로불편러의 넋두리 같은 글을 6만 자 넘게 쓰게 됐다. 나는 단지 운동하고 싶었을 뿐인데. 남들과 똑같은 돈을 내고 남자들에게는 일어날 리 없는 불쾌한 경험을 겪는 것도 억울했다. 그런데 선량하지만 본의 아니게 성차별적 발언과 행동을 답습하고 있는 트레이너까지 갱생시켜야 한단 말인가?

　다른 여성들을 위해서라면 그렇게 해야 했는지도 모른다. 요즘 같으면 가능할 것도 같다. 헬스장에 가기 전에 예상되는 상황을 시뮬레이션 하고, 불시에 그의 문제적 발언을 포착하더라도 부드럽게 설득할 수 있도록 미리 신중하게 말을 고르는 거다. 실제로 불편한 언행을 마주했을 때 임기응변으로 재치 있게 받아치고, 때가 무르익었을 때는 진정성 있게 그에게 '여성이라서 마주하는 억압'에 대해 고백할 수 있을 거 같다. 하지만 살아갈 힘도 없어서 운동을 시작했는데, 헬스장에서까지 그런 추가적인 노력을 기울이는 것은 불가능했다. 나처럼 헬스장에서 뭔가 미묘한 불편함을 느끼는 여성들이 꼭 변화를 주도할 의무는 없다.

　이건 하나의 허술한 가설에 불과하지만, 구조적인 문제부터 변화시킬 수 있다. 트레이너가 노동자로서 안정적인 수입이 보장되고 전문성을 갖출 수 있다면, 그래서 공격적이고 여성혐오적인 마케팅과 영업에 기대지 않아도 된다면, 여성의 몸을 다이어트에 가두려는 헬스장의 강박도 희석될 것이다. 여성 트레이너가 늘어나도 분위기는 달라질 수 있다. 물론 그 자체로 여성혐오가 근절되지는 않는다. 여성 또한 성차별과 여성혐오적인 구조를 재생산할 수 있으니까. 그럼에도 여성들이 헬스장을 찾을 때 여성 트레이너가 있는 곳을 선호한다면 그 자체로 어떤 '신호'가 될 수 있지 않을까? 기존의 헬스장에서 여성은 이해받지 못하고 불편함을 느껴왔다는 신호.

　'여가여배'를 취재하고, 운동하는 여성 동료를 애타게 찾는 여성들을 만나면서 많은 것을 느꼈다. 여성들끼리 새 판을 짜는 것도 좋은 대안이라고. 지금껏 헬스장을 비롯한 운동장이 성차별적이고 남성 중심적이었으므로, 우리는 우리끼리 새로운 운동장을 만들겠다고 외치는 거다. 여성에게 연대는 가장 큰 힘이다. 때로는 사회를 바꾸는 힘이 될 수도 있다.

한국 사회는 변하고 있다. 조금씩이지만 분명히. 지금 다니고 있는 수영장에서 이 같은 변화를 느낀다. 봄에는 남성 강사가 그만둔 자리에 여성 강사가 새로 왔다. 이러한 변화는, 여성 전용 강습을 듣는 회원들 중에 남성 강사가 불편한 사람에게 새로운 선택지가 될 수 있다. 7월 초, 수영장을 갔더니 수영 강사가 이렇게 말했다.

"수영의 특성상 자세 교정을 위한 신체 접촉이 있을 수 있는데, 혹시 불편하시다면 언제든지 개의치 말고 말해주세요."

나? 나는 겨드랑이털을 밀지 않고 수영장에 간다. 남성 강사도 안 미니까. 이건 더러운 게 아니니까(샤워를 구석구석 열심히 하고 들어간다). 털도 자연스러운 내 신체 일부이니까. 여성이라는 이유로 겨드랑이가 티끌 하나 없이 깨끗해야 한다는 법은 없다. 증명된 바는 없지만 혹시 모르지. 나의 이런 행동이 나비효과를 일으켜 후대에는 '여성이라는 이유로 겨드랑이를 털 없이 유지해야 한다는 의무는 없다'는 상식을 만드는 데에 일조할지도. 어쨌든 내가 지금 인간으로서 누리는 평등은 한때 어떤 여성이, 또는 수많은 여성이 금기를 어기면서 쟁취한 평등이니까.

내가 다니던 헬스장에도 조금은 변화가 생겼을까?

살 빼려고 운동하는 거 아닌데요

몸무게보다 오늘 하루의 운동이 중요한 여성의 자기만족 운동 에세이

지은이 | 신한슬

1판 1쇄 발행일 2019년 9월 30일
1판 2쇄 발행일 2020년 1월 20일

발행인 | 김학원
편집주간 | 김민기 황서현
기획 | 문성환 김보희 김나윤 전두현 최인영 김소정 김주원 이문경 임재희 하빛 이화령
디자인 | 김태형 유주현 구현석 박인규 한예슬
마케팅 | 김창규 김한밀 윤민영 김규빈 김수아 송희진
제작 | 이정수
저자·독자서비스 | 조다영 윤경희 이현주 이령은(humanist@humanistbooks.com)
용지 | 화인페이퍼
인쇄 | 삼조인쇄
제본 | 정민문화사

발행처 | (주)휴머니스트출판그룹
출판등록 | 제313-2007-000007호(2007년 1월 5일)
주소 | (03991) 서울시 마포구 동교로23길 76(연남동)
전화 | 02-335-4422 팩스 | 02-334-3427
홈페이지 | www.humanistbooks.com

ⓒ 신한슬, 2019
ISBN 979-11-6080-298-6 03810

• 이 도서의 국립중앙도서관 출판시도서목록(CIP)은 서지정보유통지원시스템 홈페이지(http://seoji. nl.go.kr)와 국가자료종합목록 구축시스템(http://kolis-net.nl.go.kr)에서 이용하실 수 있습니다. (CIP제어번호: CIP2019037267)

만든 사람들

편집주간 | 황서현
기획 | 이문경(lmk2001@humanistbooks.com)
편집 | 이영란
디자인 | 유주현
일러스트 | 이아리(스튜디오 바톤)